Alles Gute
zum
35. Geburtstag
und viel Spaß
beim Lesen!

Salzburg, 28.7.01
Wieland

WOLF VON SCHILGEN

CONTINENT VERLAG

11 Illustrationen und Schutzumschlag von

Salzburg – Elsbethen

1. Auflage 1999

Herstellung und Satz:
»Der Buch-Profi« Wielant Klaus Keppler, 5300 Mayrwies bei Salzburg
Druck und Bindung: Wiener Verlag, 2325 Himberg
Printed in Austria
ISBN 3-901375-07-4

Meiner Frau
Eva-Maria
gewidmet,
die mir
das Leben
leicht macht!

Hinweis

Falls Sie zur Sorte der Pessimisten gehören und dies zu bleiben gedenken, befragen Sie vor dem Kauf dieses Buches Ihren Psychiater.

Der Autor

Zu Ihrer Orientierung

ÜBER DIE SCHWERE DES SEINS UND ÜBER DAS VERGNÜGEN ZU LEBEN

VORWORT

Gewiss, man hat's nicht immer leicht. Es sind überwiegend die unwichtigen Dinge im Leben, die wir allzu schwer nehmen, und die uns nutzlos belasten. Nutzlos, weil sie sich nicht ändern lassen oder weil sie es nicht einmal wert sind geändert zu werden.

In diesem Buch schildere ich Beobachtungen und Erlebnisse, die ebenso gut auch die Ihren sein könnten. Es geht um die Unzukömmlichkeiten des Lebens und deren falsche Bewertung.

Die Aufregungen, die wir uns und anderen bereiten, stehen meist in keinem Verhältnis zum Geschehen. Ein weites Feld für einen Satiriker.

Auch das mannigfaltige Instinktverhalten des Menschen wirkt bei näherer Betrachtung komisch. Komisch deshalb, weil wir uns so weit vom Tier entfernt glauben und dennoch oft Dinge tun, durch die wir unseren lieben Mitlebewesen so sehr nahe sind.

Auch wenn man's nicht immer leicht hat, lachen Sie und lachen Sie oft, denn das Lachen verlängert nachweislich das Leben.

Arlecchino und Columbina

Das Wort „Karneval" kommt möglicherweise aus dem mittelalterlichen „carne vale", zu deutsch: „Das Fleisch lebe wohl."

Mit Vergnügen erinnere ich mich an den Karneval in Venedig mit seinen klassischen Masken der „commedia dell'arte", an den listigen Pantalone, der doch immer wieder gehörnt wird, an die durch die Straßen streichende bucklige Pulcinella, an Columbina mit ihrem glatten, weißen Gesicht oder an den lustigen Arlecchino. Ebenso an die fröhlichen Karnevalslieder, die im 15. Jahrhundert von Lorenze de Medici für die florentinischen Maskenfeste zu einer wahren Kunstgattung ausgebildet wurden.

Aber auch der Karneval in Rio hat für mich einen gewissen Reiz. Meine Frau behauptet zwar, dass es die brasilianischen Mädchen seien, die diesen Reiz auf mich ausüben, aber das ist natürlich nicht so, denn die Bedauernswerten sind fast unbekleidet. Armes Land, dieses Brasilien.

Die folgende, von meiner Frau und mir erlebte Geschichte, hatte allerdings so gar nichts Venezianisches an sich.

Eines Februarabends erklärte mir meine Frau – ganz ohne Vorwarnung: „Am kommenden Freitag gehen wir zu einem Kostümball."
„Das darf doch nicht wahr sein", sagte ich zutiefst erschrocken, „warum hast du mich nicht vorher gefragt?"
„Wir sind als Ehrengäste eingeladen und ich wollte Komplikationen mit dir vermeiden."
„Aber es wird Komplikationen geben", sagte ich, „weil ich nicht weiß, was ich anziehen soll."
„Wenn dir gar nichts einfällt, gehe als Schriftsteller und klemm dir eine Feder hinter das Ohr. Das wäre auch eine Werbung für deine Bücher", meinte meine geschäftstüchtige Frau.
„Man wird mich für keinen Schriftsteller halten, sondern für einen einfallslosen Pinsel."
„Das schon", bestätigte sie, „daher denke nach. Ich jedenfalls habe schon mein Kostüm. Ich gehe als Columbine."
„Gut, dann verkleide ich mich als Arlecchino."

Der Freitag kam und mit ihm zog der Karneval in das Herz meiner Frau. Mich zupfte er am Ohrläppchen, an das ich einen Ring gehängt hatte und zu meinem italienischen Kasperlkostüm – originale Arleccinos waren schon ausverkauft, trug ich eine Klatsche, mit der ich zunächst der Garderobierin einen Klaps auf die Sitzfläche verpasste. Heiterkeit gehört zum Fasching!

Die Herrin abgelegter Mäntel schien anderer Ansicht zu sein. Sie zeigte sich unfreundlich.
Meine Frau schimpfte:
„Was fällt dir ein?"
„Dass Fasching ist."
„Die Garderobierin gehört nicht zum Fasching, die steht das ganze Jahr da", klärte mich meine Frau auf.

Daraufhin gab ich ihr ein fürstliches Trinkgeld, welches sichtbar ihre Meinung über mich änderte.

Im Festsaal wurden wir von einem ohrenbetäubenden Lärm empfangen. Der Ober, der eine rote Pappnase aufgesetzt hatte, führte uns zu unserem Tisch.
„Columbina", stellte sich meine Frau kokett den bereits vor uns angekommenen Gästen vor und ich mich als „Arlecchino".

Ein Herr, der unter der warmen Vollmaske von John Wayne gefährlich keuchte, stöhnte uns „John Wayne" entgegen und eine ältere Dame mit blonder Perücke, übergroßem Busen und sehr, sehr knappem weißen Kleid, behauptete Marilyn Monroe zu sein. Vermutlich die Urgroßmutter der bewussten Marylin, die wahrscheinlich den gleichen Vornamen wie ihre Enkelin trug.

Einer der Herren hatte sich als „Dummer August" verkleidet. Er verneigte sich ernst und sagte: „Regierungsrat Doktor Mindermaier."

Ich suchte sofort das, was man das Weite nennt und traf Else, eine Freundin meiner Frau, die sich sinnigerweise als Gänseblümchen verkleidet hatte. Die Arme würde es auch an diesem Abend bleiben. Ich erbarmte mich ihrer und meine Klatsche sauste auf ... , Sie wissen schon auf was. Sie lächelte säuerlich und meinte: „Auch ein Arlecchino kommt in die Jahre."

Ich machte einen kecken Sprung, um ihre Worte Lügen zu strafen, rutschte aus – und fiel ihr in die Arme. Daraufhin verabschiedete ich mich.

Meine Frau kam auf mich zu und sagte: „Jung und fesch

Arlecchino und Columbina

R. Gb. '99

siehst du aus. Kein Wunder, wenn dich Else in die Arme nimmt."
Auch Missverständnisse können manchmal sehr schmeichelhaft sein.

Indessen war das Büfett durch den Festredner eröffnet worden. Beobachten Sie einmal die Gesichter Ihrer Mitmenschen, wenn diese auf langen Tischen aufgetürmte Lebensmittel erblicken. Sie strahlen. Ich strahle ganz besonders, denn aufmerksame Leser meiner Bücher wissen, dass meine Frau mich wie ein Kaninchen ernährt.

Jedoch stelle ich mich nicht gerne an, das besorgt meine mich liebende Frau. Ich sah, dass sie am Büfett von einem als Casanova verkleideten Mann umarmt wurde.
„Meine Shöne", nuschelte er und in Anlehnung an Casanovas Gefangenschaft unter den Bleidächern von Venedig, „darf ich Sie under meine Baidächer nehmen?"
„Nein", sagte meine Frau und zeigte auf das Büfett, „ich ziehe Speckknödel einem Würstchen vor."
„Aber, aber meine Liebe", tadelte ein als Tube verkleideter Maskierter.
„Geben Sie ruhig Ihren Senf dazu", lächelte sie.

An der Bar trafen wir unseren Regierungrat, sprich „Dummer August", wieder, der sich überaus höflich vor einem sehr großen und überdimensional dicken Baby mit gerüschtem Häubchen verbeugte, vor dessen Bauch ein Schnuller baumelte.

„Meine Hochachtung, Herr Oberlandesgerichtspräsident." Unser Baby sah ihn von oben herab an, steckte anstelle einer Anwort den Schnuller in den Mund und drehte sich um. Der Regierungsrat blieb sichtlich geschockt zurück.

Marylin Monroe fand sich ebenfalls ein, einen als Arzt verkleideten Herren im Schlepptau, der nicht mehr ganz fest auf den Beinen stand und dessen glasiger Blick besser zum Kostüm eines Narkotisierten gepasst hätte. Er nahm sein Höhrrohr und hielt es Marylin, die heftig kicherte, an den Busen.

„Sehr lustig", sagte ich zu meiner Frau.
„Es ist Fasching", meinte diese nachsichtig, „die Menschen sind für Stunden das, was sie schon immer sein wollten."
„Ja", bestätigte ich, „leicht behämmert."

Auf dem Weg zurück zu unserem Tisch, rief mir mein Gänseblümchen zu: „Papa Arlecchino!"
Ich war verärgert.
„Geh das nächste Mal als Froschkönig", sagte meine Frau, „dann wirst du von den Damen geküsst."

Unserem Tisch hatte sich ein als Bauersleute kostümiertes Ehepaar zugesellt. „Wirklicher Hofrat Dr. Dammwirt", stellte er sich vor, „ich wollte sagen, Erbhofbauer Dammwirt."
Er zog ein Büchlein hervor und fragte: „Kennen Sie den Witz?"
O Gott, ein Witze-Erzähler!
„Kenne ich", sagte ich daher.
„Aber ich habe doch noch gar nicht angefangen?"
Unsere Bäuerin lachte bereits herzlich und sehr feucht. Jetzt weiß ich, warum das aus dem Lateinischen kommende Wort „Humor", „Feuchtigkeit" bedeutet.

John Wayne hatte seine Maske fallen gelassen und schlenderte, sich in den Hüften wiegend zum dreizehnten Male zum Büfett.

Damenwahl! Marylin stürzte auf mich zu und zog mich aufs Tanzparkett. Sie übernahm sofort die Führung und tanzte zu einem Cha Cha Cha einen Foxtrott. Man soll nicht glauben, wie schwer das ist. Ich schaute hilfesuchend zu meiner Frau, die aber wurde gerade von dem mächtigen mit ihr tanzenden Baby umschlungen. Ihre Füße berührten nur gelegentlich den Boden. Hilflos zappelte sie in seinen Armen. Bei der nächsten Musikpause stellte er sie ab und ich sah, wie sie schnell in der Menge verschwand. Sozusagen eine Kindesweglegung.

Als wir uns von all diesen Humor versprühenden Menschen nach erschöpfenden vier Stunden verabschiedeten und zur Garderobe schritten, lächelte mich die Garderobierin freundlich an. Ich dachte an mein zu reichliches Trinkgeld, fand, dass ich noch ein Guthaben besitze und – klatschte ihr nochmals auf den Allerwertesten – denn

HUMOR **MUSS** SEIN !

Camera Obscura

Die Menschen besitzen das gleiche Imponiergehabe wie die Tiere, neigen aber gelegentlich zu Übertreibungen. Sie möchten „imposant", also eindrucksvoll, mächtig, überwältigend wirken – oder wenigstens achtungsgebietend. Es ist ein Instinktverhalten, das den Platz bestimmt, den sie unter ihren Mitmenschen einnehmen möchten.

Ein gutes Beispiel für das Imponiergehabe ist die Fotografie.

Die „camera obscura" ist eine Lochkamera, die schon im Altertum bekannt war. Obskur, also fragwürdig sind noch heute so manche Fotos. Personen aufzunehmen ist eine undankbare Aufgabe. Man hält sich selbst für schöner oder wenigsten jünger, als sein Konterfei.

Dass man sein Foto kritisch betrachtet, ist verständlich, denn auf einem Bilde bleibt man auch für die Nachwelt festgenagelt. Wer sich etwa während eines Schnappschusses hinter dem Ohr kratzt, ist für seine Nachkommen ein Ohrenkratzer, wer gerade gähnt, bevor er die Hand vor dem Mund hält, geht als geistig umnachteter Brüller in die Geschichte ein.

So legt sich jeder ein Fotografiergesicht zurecht und ist bemüht, dieses so lange zu halten, bis der Fotograf bereit ist abzudrücken. Männer bemühen sich eine freundliche, jedoch selbstbewusste Haltung einzunehmen. Wer auf eine sportliche Erscheinung Wert legt, zieht den Bauch ein und streckt die Brust heraus, während er seinem Blick eine sonnengebräunte Härte zu verleihen versucht.

Wenn Frauen glauben, dass ihnen das Lachen gut steht, tun sie dies unvermittelt. Andere, die meinen, dass ein kleiner Kussmund sie zum herzigen Mädel macht, ziehen diesen zusammen: Süß!

Was mich betrifft, so habe ich bis vor kurzer Zeit mein Gesicht der Kamera so dargeboten, wie es ist. Auf diesen Bildern sehe ich aus wie Martin Luther, der gerade sagt: „Hier stehe ich, ich kann nicht anders!"

Jetzt mache auch ich mein Fotografiergesicht. Man ist dies seinen Nachkommen schuldig.

Einer meiner guten Bekannten ist leidenschaftlicher Fotograf. Im Urlaub schleppt er nicht nur eine professionelle Videokamera mit sich herum, sondern auch eine Fotokamera für die Schnelle und noch eine für Künstleraufnahmen, wozu er außerdem ein Stativ benötigt. Möglich ist dies nur, weil ihm Frau und Tochter beim Tragen behilflich sind, welche Tätigkeit deren Urlaubsgenuss erheblich einschränkt.

Nach dem Urlaub, beim Vorführen des Videos, hört man immer wieder die erstaunte Frage des Hausherrn:
„Dort waren wir auch?"

Die Familie lernt Land und Leute erst zu Hause kennen.

Besonders schwierig ist das Fotografieren, wenn ein Familienfoto gemacht werden soll. Selbstverständlich will jeder Teilnehmer gut getroffen sein.
Meinen Freund Ottokar erlebte ich als Fotograf bei der Hochzeit seiner Tochter Ruth.

Die Kamera war auf einem Stativ befestigt, vor der die Hochzeitsgesellschaft sich aufgestellt hatte. Jeder war von der Wichtigkeit seiner Person überzeugt. Folglich drängten sie alle in die vorderste Reihe. Von der Jugend, die sich vor der Gruppe auf den Boden hingesetzt hatte, schnitt ein Teil genau in dem Augenblick Grimassen, als Ottokar abdrückte. Einige wackelten sogar mit den Händen hinter den Ohren.

Mein Freund bekam fast einen Tobsuchtsanfall.

Egberti, mein Patenkind, das vierjährige Kind des Brautpaares, einziges Enkelkind der Familie, war Ottokar wie aus dem Gesicht geschnitten. Es fotografierte ebenfalls mit einem überaus leicht handlichen Apparat und bewegte sich ungezwungen vor Ottokars Objektiv.

„Zum Donnerwetter! Holt das Kind vor der Kamera weg!"
Oma meinte gütig: „Ach, lass ihn doch!"
„So was Blödes!", brummte Ottokar. „Wo ist denn Onkel Otto? Auch Mama ist wieder nicht da."
Die neue Schwiegermutter rief: „Schaut, wo der Floppi ist", das war der Hund, „der soll doch auch drauf sein. Ach, da ist ja Otto!"
„Der blöde Hund!", ärgerte sich mein Freund.
„Was hast du zu mir gesagt?", empörte sich Otto.

„Ich habe den Hund gemeint, nicht dich! Ihr macht mich noch wahnsinnig."

Während Floppi gesucht wurde, war Onkel Arthur verschwunden, er hatte es mit der Blase zu tun.
„Holt ihn doch!"
„Der kommt schon von alleine, wenn er fertig ist."
„Also! Ich bitte Euch, rückt näher zusammen! Ich habe doch keine Breitleinwand! Das Brautpaar in die Mitte. Ja, so ist es richtig! Nein! Du hast nicht neben der Braut zu stehen, da gehört Papa Müller hin und neben dem Bräutigam Mama. Zum Donnerwetter, wo ist sie denn? Wieso stehst du dort ganz hinten? Immer diese falsche Bescheidenheit!"
„Ich habe mich nur mit Herrn Schmidt unterhalten."
„Du sollst dich nicht unterhalten, sondern dich fotografieren lassen."

Ottokars Tochter kritisierte: „Sei doch nicht so ungeduldig!"
„Ist doch wahr! He, wenn du Lümmel noch einmal die Zunge raus streckst, bekommst du eines hinter die Löffel!", rief Papa seinem Jüngsten zu. „Stell dir vor, ich hätte wieder abgedrückt! Ich bitte mir jetzt völlige Ruhe aus!"

Vetter Albert, der Komiker des Familienclans, erklärte: „Töne sieht man nicht auf Fotos."
„Aber dich", rief Ottokar erbost, „wenn du das Maul aufreißt. Bitte, Opa Mümelmann, sitz gerade!"
„Was ist mit meiner Wade?"
„Gerade!"
„Meine Wade ist nicht gerade? Soll das heißen, ich hätte krumme Beine?"
„Mein Gott, Mama, ich bitte dich, geh hin und erkläre es ihm! Warum stellt er denn sein Hörgerät nicht an?"

Camera obscura

„Weil ich es vergessen habe", sagte Opa völlig überraschend.
„Wieso versteht er denn das auf einmal? Ach, ist ja egal. So, dann hätten wir es."
„Halt!", rief Tante Emma, „Mein Dekolleté hat sich verschoben."
„Ich bitte dich, das sieht man doch da hinten nicht! Außerdem bist du halb von Kasimir verdeckt."
„So? Ich bin verdeckt? Dann kann ich ja gehen!"
„Nein, du bleibst! Du sollst dich nur richtig hinstellen! Hat noch jemand ein verschobenes Dekolleté? Nein? Also dann … Ich werde verrückt! Was treibt Egberti dort?"
Mama erklärte: „Egberti macht Nahaufnahmen."
„Ich auch fotofieren", bestätigte Klein-Egberti.
„Du verschwindest sofort! Vor meiner Kamera hast du nichts verloren. Ja, was sehe ich!? Das darf nicht wahr sein, Bertram", das war der Bräutigam, „dein Dekolleté ist offen, wenn du verstehst, was ich meine!"
„Versteh ich aber nicht."
„Du hast einen Toilettefehler!"
„Was heißt das?"
„O Gott! Soll ich dir das noch genauer erklären?"

Die Braut versuchte ihn zu beheben. Da Bertram diese Annäherung nicht missverstand, begriff er.
„Na endlich!", sagte mein Freund. „Warum lächelt ihr nicht?", rief er der Hochzeitsgesellschaft zu. „Ihr fletscht die Zähne. Locker, meine Herrschaften, locker!"
„Wir können nicht mehr", klagte Onkel Kasimir.
„Und mir", jammerte Tante Berta, „tun bereits meine Gesichtsmuskeln weh."

Es stimmte. Die Gesellschaft hatte etwas Starres angenommen. Schließlich war es soweit und Kusine Irma lachte wieder unvermittelt.

Der Selbstauslöser war eingestellt und Ottokar quetschte sich als Brautvater in aller Eile neben die Bräutigammutter. Weil er ausgerutscht war, hielt er sich an ihr fest, wodurch er auf dem Foto sicher einen etwas hilflosen Eindruck erwecken wird. Die Gesellschaft versuchte mit letzter Kraft die gewünschte Haltung zu bewahren. Man wartete sehnsüchtig auf den Auslöser als Erlöser.

Da erscholl ein furchtbarer Knall und in der Folge ein Knattern, wie von einem Maschinengewehr.

Opa Mümelmann fiel vor Schreck vom Stuhl, Tante Emmas Dekolleté verließ endgültig deren nicht vorhandene Oberweite, einige ältere Generationen erinnerten sich ihrer Kriegsteilnahme und warfen sich zu Boden.
Was war geschehen? Vetter Albert hatte die glorreiche Idee, am hellichten Tag ein Feuerwerk anzünden zu lassen. Die Hochzeitsgesellschaft sollte mit einem Strahlenkranz umgeben werden.

Ottokar war zunächst sprachlos. Die Hochzeitsgesellschaft würde den Eindruck von Kriegsflüchtlingen machen.
„Ich wollte euch eine Freude bereiten“, entschuldigte sich Albert. Doch alle Teilnehmer waren überzeugt, dass er die Folgen seines Feuerwerkes exakt berechnet hatte.
„Ein Riesenrindvieh bist du!“ Mehr wusste Ottokar nicht zu sagen. „Also, alles noch einmal von vorne!“

Einige der Hochzeitsgäste besorgten sich aus dem Haus Stühle, so dass man sie in den hinteren Reihen nicht mehr sehen konnte. Ottokar hatte die Geduld verloren. Er verzichtete auf den Sellbstauslöser und drückte ab.
Bald darauf waren die Hochzeitsgäste in alle Winde verstreut.

Als ich einige Wochen später wegen der Hochzeitsfotos im Hause der Brauteltern anrief, ließ Ottokar sich verleugnen. Seine Frau war am Telefon.

„Das Fotogeschäft", sagte sie, „konnte den Film leider nicht mehr finden."
„Und?", fragte ich.
„Sie haben uns dafür einen Ersatzfilm geschickt!"
„Sehr großzügig", sagte ich.

Schließlich erhielt ich dennoch Fotos. Es waren jene, die Klein-Egberti gemacht hatte. Allerdings nur zwei, die als solche anzusprechen waren.

Neben einem stark verwackelten Foto, das fälschlich auf eine besoffene Hochzeitsgesellschaft schließen ließ, gab es auch ein relativ gelungenes Foto, auf dem dennoch die einzelnen Teilnehmer schwer zu identifizieren waren, denn –

es fehlten die Köpfe!

Das Interesse

oder

Agatha halt die Klappe

Die Aufmerksamkeit ist nicht nur ein geistiges, sondern auch ein seelisches Verhalten. Sie kann bewusst eingesetzt werden, etwa bei Interesse oder wenn ein bestimmtes Ziel verfolgt wird.

Unter Interesse versteht man die Anteilnahme beziehungsweise den Wunsch nach weiterer Information. Ist nur ein geringes oder gar kein Interesse vorhanden, lässt die Aufmerksamkeit entsprechend nach.

So gibt es Menschen, die anderen jede Anteilnahme verweigern, weil sie nur sich selbst hören wollen und die sich sogar ihre eigenen Fragen beantworten.

Agatha ist die Freundin meiner Frau – nicht die meine. Das liegt an ihrer Eigenschaft nur mit einem halben Ohr zuzuhören – oder auch gar nicht. Sie unterbricht fast jedes Gespräch.

Als meine Frau den Besuch von Agatha ankündigte, sagte ich:
„Agatha ist mir unerträglich, alleine schon die Erwähnung ihres Namens bereitet mir Unbehagen!"

Meine Frau sah mich vorwurfsvoll an.
„Die heilige Agatha war eine wundertätige Jungfrau."
„ ‚Jungfer', ja das passt und das wird sie auch bleiben. Sie würde sogar einen Heiratsantrag überhören oder darüber hinweg reden."
„Aber sie ist doch ein so hilfsbereiter Mensch!"
„Auch hilfsbereite Menschen können einem auf die Nerven gehen."

Agatha kam zum Tee. Sie erzählte begeistert von einer überraschenden Begegnung mit einem alten Jugendfreund. Worauf ich, meiner Frau zuliebe, ebenfalls von einem überraschenden Erlebnis zu berichten begann. Meine Geschichte bereitete ich dramatisch auf, indem ich mit einem Gleichnis begann.

„Nehmen Sie einmal an, Sie würden auf der Straße der Königin Elisabeth II. von England begegnen."

Agatha wandte sich an meine Frau: „Hast du den Kuchen selbst gebacken? Ich könnte das nie, ich bewundere deine Talente." Meine Frau lächelte geschmeichelt. Und zu mir gewandt fuhr Agatha fort: „Sie sind der Königin von England begegnet. Wo? Auf der Straße?"
„Aber nein, das war nur ein Gleichnis."
„Ha, Gleichnis! Evchen hättest du nicht Lust mit mir morgen ins Theater zu gehen? Sie spielen ‚Das Gleichnis des Peter Pan'. Das Stück hat hervorragende Kritiken und ich habe Freikarten bekommen!"
Meine Frau versuchte mein begonnenes Gespräch Agatha wieder ins Gedächtnis zu rufen.
„Wolf wollte dir etwas erzählen."
„Nur zu", zeigte sich Agatha willig. „Nun, Sie sind der Königin begegnet. Ein großartiges Erlebnis. Meine Mutter traf in ihrer Jugend den König von Rumänien, damals als

Rumänien noch ein Königreich war", worauf sie ausführlich diese Begebenheit schilderte.

Ich begann meiner Frau zuliebe nochmals. „Also das mit der Königin war ja nur ein Gleichnis. Ich hätte genau so gut unseren Hausmeister Maier wählen können, wären Sie dann – wie soll ich sagen – auch in Erregung geraten?"
„Das soll wohl ein Scherz sein. Ich und in Erregung geraten – beim Anblick unseres Hausmeisters! Dass ich nicht lache! Er heißt übrigens nicht Maier sondern Kornherr. Evchen, der Tee ist vorzüglich, auch englisch? Kannst du mir die Kanne reichen?"
„Um bei der Königin zu bleiben", versuchte ich den Faden weiter zu spinnen, „stellen Sie sich das vor: sie geht also auf mich zu – und, man soll es nicht glauben, sie fragt mich nach der Uhrzeit!"
„Uhrzeit! Evilein, wie spät ist es?"
„Zwanzig nach vier."
„Ach, dann habe ich noch genügend Zeit. Ich treffe mich um 18 Uhr im Restaurant Mondschein mit Irene. Erinnerst du dich? Das ist Erikas Schwester, sie ist gerade geschieden worden." Und zu mir gewandt: „Die Königin läuft doch nicht auf den Straßen herum und fragt die Leute nach der Uhrzeit."
„Eben! Daher wäre ich auch fassungslos gewesen. In meinem Falle ..."
„Warum sollten Sie fassungslos sein, wenn Sie jemand nach der Uhrzeit fragt? Ich wurde einmal nach der Uhrzeit gefragt, aber der Typ sah aus, als würde er mir die Uhr von der Hand reißen wollen und so habe ich ihm gesagt ..."

„Agatha, halt die Klappe, ich meine, halte die Kanne, ich hole einen Untersatz!", verbesserte meine Frau ihren Freud'schen Versprecher.

Ich setzte schnell fort:
„Die Königin von England wollte mir meine Uhr nicht entreißen."
„Wenn das die Briten hören, werden sie sich ärgern."
„Wie meinen Sie das?"
„Na, weil sie ja auch die Königin der Schotten, Nordiren und Walliser ist. Sie hätten sagen müssen: ‚Die Königin von Großbritannien'."
„Ich bitte Sie, das spielt doch in meinem Gleichnis keine Rolle."
„Evchen, dein Kuchen ist köstlich, kann ich mir noch ein Stück nehmen?"
Meine Frau nickte zustimmend.
„Könntest du mir das Rezept geben?"
„Aber gerne. Wolf, kannst du deine Geschichte nicht kürzer fassen?"
„Ich habe doch erst zwei Sätze gesagt!"
„Aber Evchen, lass ihn doch erzählen! Ich finde seine Geschichte sehr spannend! Übrigens habe ich die Königin auch einmal persönlich gesehen."

„Wieso ‚auch'? Ich bin ihr doch noch nie begegnet!"
„Dann war es vielleicht die Beatrice von den Holländern, die Sie gemeint haben? Ist ja egal. Als ich im letzten Frühjahr in London war, saß sie mit ihrem Mann in einem Auto und sie hielten vor dem Victoria und Albert Museum. Ich war gerade mit Onkel Freddy, dem Bruder meiner Mutter, der in London lebt, bei Harrods gewesen. Sie haben dort eine Lebensmittelabteilung – großartig. Evilein, wo hast du diesen Kuchen gekauft?"

„Es hätte natürlich auch die Beatrice sein können", fuhr ich hartnäckig fort. „Ich wählte nun einmal für mein Gleichnis die Elisabeth."
„Aha, die Elisabeth", meinte kauend Agatha, und zu

meiner Frau gewandt, „wo soll ich die Kanne hinstellen? Du wolltest doch einen Untersatz holen? Und das Rezept vom Kuchen! Interessant, was dein Mann so alles erlebt. Und wo warst denn du damals?"
„Agatha, Wolf meint das nur bildlich. Ich bitte dich Wolf, lass doch das Gleichnis weg und erzähl, was passiert ist!"
„Ach gut, dass du mich erinnerst, Evilein! Weißt du was Irene mit dem Scheidungsanwalt ihres Mannes passiert ist ...?", und sie begann ausführlich den Rosenkrieg zwischen der unbekannten Irene und ihrem unbekannten Ehemann samt Anwalt zu schildern.

Ich gab auf.

Um 18.45 sagte Agatha: „Es ist ja so schön sich mit Euch zu unterhalten. Aber Irenchen wird schon auf mich warten, sie will mir doch ihr Herz ausschütten."

Dann drückte sie mir innig beide Hände und sagte:

„Ihr Erlebnis mit der Königin Elisabeth war wahnsinnig interessant!"

Das ist ihr Leben

Die Biographie, die Kunst der Lebensbeschreibung, sollte eine Darstellung der äußeren Geschichte und der geistigen und sittlichen Entwicklung einer Person sein.

Eine Fernsehsendung unter dem Titel „Das ist Ihr Leben“ kann diesen Anspruch begreiflicherweise nicht erfüllen. Was in der kurzen Zeit dieser Sendung geboten wird, ist so gut oder so schlecht, wie die Rechercheirkunst jener, welche die Vergangenheit des Gefeierten aufspürten.
Aufgebaut sind solche Sendungen, indem man Personen aus der Vergangenheit, zur maßlosen Überraschung des Geehrten, wie Geister aus der Versenkung auftauchen läßt. Diese Überraschungen bereiten den Zuschauern Vergnügen, jedoch nicht immer dem Gefeierten.
Denn – die Quellen, aus denen geschöpft wird, sind nicht immer verläßlich.

Diesmal stand die Lebensgeschichte des Professor Doktor Doktor Achim Wunderlich auf dem Programm.
Im Hintergrund des Studios befand sich eine Türe, von der einige Stufen herunter zu Bühne führten. Sie sind

deshalb wichtig, um dem Eintreten der Akteure eine besondere Bedeutung zu verleihen. Bei älteren Teilnehmern können diese Stufen auch eine gegenteilige Wirkung haben.

Der Moderator erschien zusammen mit Professor Wunderlich, den er aufforderte, auf dem ersten Stuhl einer langen Sitzreihe Platz zu nehmen. Auf den folgenden Stühlen hatten die Gestalten seiner Vergangenheit zu sitzen.

Der Moderator las aus einem in Leder gebundenen Buch:
„Sie erblickten heute vor genau 70 Jahren das Licht dieser Welt."
Der Geehrte bestätigte dies.
„Sie erhielten als Wissenschafter zahlreiche Auszeichnungen. Bekannt wurden Sie durch das bahnbrechende Buch mit dem Titel: ‚Die Ameisen und ihr sexuelles Verhalten'."
Doktor Wunderlich nickte mit ernstem, bedeutungsvollen Blick.

„Vor 18 Jahren heirateten Sie Ihre um 20 Jahre jüngere Frau Elisabeth."
Eine Feststellung, die Achim nicht neu war, hingegen den Zuschauern. Der große Altersunterschied versprach Überraschungen.

„Und hier ist Ihre Frau!", rief der Moderator, als sei ihr Erscheinen etwas völlig Unerwartetes. Dass es das nicht war, bewies Achim, indem er zunächst sitzen blieb, dann aber doch aufstand und ihr charmant die Hand küsste, obwohl sie vor einer halben Stunde gemeinsam ins Fernsehstudio gekommen waren.
Der Moderator lachte, wies auf die fesche Fünfzigjährige hin und sagte:

„Sie könnte eine seiner Töchter sein!“
„Bin ich aber nicht“, erwiderte Elisabeth, aus welcher Bemerkung eine gewisse Abneigung seinen Töchtern aus erster Ehe gegenüber zu erkennen war.
„Aber die Töchter gibt es!“, rief der Moderator euphorisch. „Und wie ich erfahren habe, sahen Sie eine von ihnen seit fünf Jahren nicht mehr.“
„Das ist Irmgard“, bestätigte Professor Achim Wunderlich.
„Sicher würden Sie sich freuen, sie wieder zu sehen.“
„Irmgard und Birgit“, erklärte Achims Frau Elisabeth, „wohnen sehr weit weg“, und es klang wie eine Erleichterung.
„Lassen Sie die Mädchen schon rein!“, verdarb Achim dem Moderator den Überraschungseffekt.
Dieser wandte sich mit gekünsteltem Lachen zum Publikum: „Man kann dem Herrn Professor nichts verheimlichen!“

Die Bühnentüre öffnete sich und zwei nicht mehr ganz junge Frauen betraten die Bühne.
Der Moderator stellte vor: „Tochter Birgit Schrenzel, geschiedene Biber, geborene Wunderlich und Tochter Irmgard Wunderlich.“
Letztere war unverheiratet, was man bei ihrem Anblick verstehen konnte.
Beide stürzten auf ihren Vater zu und da jede von ihnen die erste sein wollte, die ihn umarmte, sah es eher wie ein Ringkampf aus.
Die Töchter machten keine Anstalten Elisabeth zu begrüßen. Der Moderator wies auf sie hin und sagte, ein wenig gedankenlos: „Ihre Mutter.“
„Das ehrt uns“, sagte Irmgard, „aber ganz so alt schaut sie nun doch nicht aus. Nicht wahr Elisabeth?“
Man reichte sich die Hände.

„Mein lieber Professor Doktor Wunderlich, 70 Jahre alt – was sage ich – jung, 70 Jahre jung …"
Einige Zuschauer hatten ihn auf achtzig Jahre geschätzt – „Und kein bisschen weise", fügte er in Anlehnung an Curd Jürgens Buchtitel hinzu.
Achim, der das Wort weise mit „intelligent" gleichsetze, fragte:
„Wie meinen Sie das?"
„Nun, dass Sie die Weisheit des Alters …"
Doch da wusste er nicht recht weiter und erklärte unvermittelt:
„Sie besuchten in Unterwummersdorf die Volksschule."
„Das ist keine besondere Leistung", sagte Achim, der Professor. „Außerdem besuchte ich dort den Kindergarten. Die Volksschule besuchte ich in Oberwummersdorf."
„Na, dann war's ja beinahe richtig. Wummersdorf bleibt Wummersdorf. Hahaha!"

Da schaltete sich die Ehefrau ein: „Mein Mann hat mir erklärt, dass sich Unterwummersdorf und Oberwummersdorf meilenweit von einander unterscheiden. Unterwummersdorf ist erstens viel größer als Oberwummersdorf und hat außerdem eine ..."
„Elisabeth", sagte Achim, „das interessiert hier doch niemanden."
„Ich meinte nur", erwiderte sie.

„Das Gymnasium besuchten Sie in der Provinzhauptstadt Friedrichsburg. Kurz vor Ihrem Abschluss war Ihr damaliger Direktor Oberstudienrat Strengberg."
„An das Gymnasium erinnere ich mich nicht gerne", sagte Achim und bestätigte, „richtig, Strengberg hieß er oder so ähnlich. Weil er mehr breit als hoch war, nannten wir ihn damals Fettberg. Der kann doch nicht mehr leben."
„Und wie er lebt! Er war damals der jüngste Direktor!"

„Ein Wunder!", staunte Professor Wunderlich.
Der Moderator rief rasch, um weitere Beschreibungen zu verhindern:
„Hier ist er! Oberstudienrat Strengberg!"

Die Bühnentür öffnete sich und in ihrem Rahmen stand ein kleines dürres Männchen. Achim Wunderlich starrte fast erschrocken auf die für ihn überraschende Erscheinung.
Der Oberstudiendirektor stellte sich auf die Zehenspitzen, versuchte Achim zu umarmen und sagte: „Ich war nie so ‚fett' wie du sagtest. Mein Nachfolger Direktor Doktor Mayberg war das."
„Oh", sagte Achim. „Direktor Mayberg ist wohl verhindert?"
„Jawohl", antwortete Strengberg, „er ist gestorben."

Achim wiederholte sich, indem er sagte „oh …!"

„Und da Ihr Sinn nach Höherem stand", erklärte der Moderator, „besuchten Sie die Universität. Ihre Tochter Irmgard hat uns auf einen älteren Studienkollegen aufmerksam gemacht und es war gar nicht so leicht ihn aufzufinden. Herr Doktor Friedrich-Wilhelm Müller-Flensburg. Erinnern Sie sich?"
„Und wie", antwortete Achim, „der war damals bei der SA. Seine Eltern haben anlässlich des Anschlusses Österreichs an Deutschland ein riesiges Fest gegeben."
„Das haben damals viele getan", milderte der Moderator Achims Erzählung. „Heute ist er daaa!", rief er, indem er auf die Bühnentüre deutete.

Wieder wurde eine herzliche Begrüßung demonstriert.
„Was machst du denn jetzt?", fragte Achim. „Du warst ja damals ein ganz Scharfer."

„Ich bin, ebenso wie du, in Pension. Zuletzt war ich Richter beim Amtsgericht in Niederbach."
Achim versuchte eine heitere Note, indem er fragte, „Als Scharfrichter?"
Friedrich-Wilhelm Müller-Flensburg teilte ganz offensichtlich nicht die ausgelassene Heiterkeit des Publikums. Er setzte sich rasch auf einen der Stühle ab.

„Und jetzt haben wir eine besondere Überraschung für Sie, die wir Ihren lieben Töchtern zu verdanken haben."
Gattin Elisabeth zuckte merklich zusammen.
Der Moderator fuhr fort: „Es ist eine Dame! Eine Dame, mit der Sie viel Gemeinsames verbindet."
Achim Wunderlich staunte.
„Lassen Sie sich überraschen! Hier kommt Frau Studienrat Irene Springfeld!"
Auf der Treppe erschien eine attraktive Mittvierzigerin.

Der Professor erstarrte: „Irene, Duuuuuuu?"
„Ja, was sagen Sie jetzt!", fragte der ahnungslose Moderator.
„Nichts!", stotterte Achim Wunderlich.
Seine Frau fragte: „Achim?!" und es klang sehr nach Aufklärung.
„Wir hatten zusammen – äh – gearbeitet", stammelte Achim Wunderlich und er ergänzte, „an meinem Buch."

Beide Töchter grinsten. Frau Professor Wunderlich schnupfte hörbar.
„Ja", bestätige Irene Springfeld, „wir haben zusammen an seinem Buch über Ameisen gearbeitet!" und Tochter Irmgard Wunderlich warf ein: „… und ihrem sexuellen Verhalten!"

Der Moderator versuchte die Situation zu retten: „Wir haben versucht einen guten Freund von Ihnen einzu-

laden", sein Blick hatte etwas Beschwörendes, „einen Freund", betonte er nochmals. „Herrn Eulenheuler, ich meine Eulen, beziehungsweise, Ohleneuler, warten Sie …"
Er sah in seinem Buch nach: „Verzeihung! Eulenohler!"
„Das war ein guter Freund von mir!", bestätigte Achim Wunderlich erleichtert. Des Moderators Züge entspannten sich. „Ein wirklich lieber Bursche. Wir studierten viele Semester zusammen. Später kam er allerdings beruflich nicht recht weiter."

Aus welcher Bemerkung ein Menschenkenner heraushören konnte, warum er ihn in so lieber Erinnerung hatte. Ein Freund, der nicht das geschafft hatte, was er selbst erreichte, nämlich: Ein Universitätsprofessor zu sein.
„Und da ist ‚Ihr Freund'!", rief der Moderator und wiederholte, „Ihr lieber Freund Eulenohler."

Die Bühnentür öffnete sich und ein gut aussehender graumelierter Mann betrat die Treppe, die er leichtfüßig hinunter sprang.
Er schritt auf Achim zu, packte mit beiden Händen dessen Arme, schüttelte sie und sagte:
„Mein lieber Achim, wie schön, dass wir uns nach so langer Zeit wieder sehen!"

Achim nickte, fast ein wenig schüchtern, dann fragte er:
„Du bist sicher auch schon in Pension?"
„Nein, ich denke nicht daran! Ich erfreue mich meiner Tätigkeit als Rektor der Universität in Stockholm."
Das Gelächter des Publikums war nicht sehr taktvoll. Achim klopfte seinem alten Freund auf die Schulter und sagte: „Brav!"

Es erschienen noch die Enkelin seiner Hebamme, sein Hausarzt, der auf Grund seiner Schweigepflicht eher wortkarg war sowie der Bürgermeister von Unterwummersdorf, welcher dem Professor eine Ehrenurkunde seiner Gemeinde überreichte.

Zum Schluss fragte der Moderator: „Sie sind jetzt 18 Jahre verheiratet …“
Da wurde er von Irmgard und Birgit beinahe gleichzeitig unterbrochen.
„Mit Mama wäre er schon 43 Jahre verheiratet.“
„Ist er aber nicht!“, sagte Elisabeth spitz.

„Würden Sie“, unterbrach der Moderator hastig, „Ihre Frau wieder heiraten?“
„So etwas fragt man nicht!“, rügte Achim.
„Wie meinen Sie das?“
„Das ist doch wohl selbstverständlich“, antwortete Achim.
Und Elisabeth seufzte: „Ach, Achim!“

Auf dem Heimweg fragte seine Frau: „Würdest du dich freuen, zum Achtzigsten wieder so eine Sendung zu bekommen?“
„Nein!“, antwortete Achim. „Erst zu meinem Hundertsten.“
„Aber dann leben doch die meisten nicht mehr.“

„Eben deshalb!“, antwortete Achim.

DIE ALTENBETREUUNG

Der Ruhestand ist der Feind des Geistes. Ein altes Sprichwort sagt: Wer rastet, der rostet!
Manche Menschen halten sich bereits im Alter von sechzig Jahren für überflüssig. Sie beginnen die Jahre zu zählen, die sie noch vor sich haben. Eine höchst unnütze Tätigkeit. Der Mensch muss gefordert werden und sich Ziele setzen. Die Pensionierung ist der Beginn eines zweiten aufregenden Lebens, nicht des Ablebens.
Und man sollte lachen – sehr viel lachen. Bereits der Philosoph Friedrich Nietzsche ließ Zarathustra sagen: „Zehnmal musst du lachen am Tage und heiter sein. Sonst stört dich der Magen in der Nacht, dieser Vater der Trübsal!"
Wer mit offenen Augen durch das Leben geht, findet dazu genug Gelegenheiten. Wissenschafter haben herausgefunden, dass Lachen sogar Krankheiten zu heilen vermag. Die Clown-Doctors in den Kliniken sind der Beginn einer solchen Therapie.
Der Staat, der von zukünftigen Pensionisten geleitet wird, hat sein Sozialprogramm nach dem Vorurteil ausgerichtet, dass der Mensch ab dem sechzigsten Lebensjahr, spätestens mit dem fünfundsechzigsten, zum „alten Eisen" gehört.
Was mich betrifft – ich lasse mich davon nicht beeindrucken.

Ich hatte mir vorgenommen 110 Jahre alt zu werden. Seit eine Französin ihren 124. Geburtstag gefeiert hat, finde ich, dass ich zu bescheiden war. Da die Menschen von Generation zu Generation ein höheres Alter erreichen – ich könnte mit meinen 82 Jahren der Enkel der erwähnten Französin sein – ist ein Alter von 130 Jahren durchaus gering angenommen.
Gewiss, der Mensch verändert im Laufe seines Lebens sein Aussehen. Das ist kein Nachteil. Ich bin sehr froh, dass ich nicht mehr wie ein Baby aussehe. Auch bezweifle ich, dass meine Frau damit einverstanden wäre. Das Alter zu schätzen ist sehr schwer. Lebhafte, geistig bewegliche, charmante Menschen wirken viel jünger als sie es sind, träge wiederum weitaus älter.

Ich habe im Lexikon unter „Alter“ nachgeschlagen. Da ist unter anderem zu lesen:
„Das Alter wird nach dem Gebiss bestimmt – bei Hunden und Pferden.“
Interessant: ab einem gewissen Alter gilt dies auch für die Menschen. Wer sein Gebiss herausnehmen kann, zählt nicht mehr zu den Jüngsten.

Das Altern der kristallisierenden Stoffe durch Kornvergröberung mit dem Altern des Menschen zu vergleichen, ist nicht so abwegig. Ich hatte meine Jugendliebe erstmals nach etwa 50 Jahren besucht. Sie glauben nicht, wie sehr sich bei ihr indessen alles vergröbert hatte. Meine Gesichtszüge indessen müssen charakteristischer geworden sein, denn sie erkannte mich nicht wieder.

Auch der Vergleich mit Parfum sei erlaubt: Duftstoffe runden sich im Alter ab. Nicht die leibliche Rundung ist gemeint, sondern die geistige Schönheit, denn es heißt, dass sich die Nebengerüche verlieren.

Ich entschloss mich, neben meiner Tätigkeit als Schriftsteller, wenigstens einen Teil der Angebote, die der Staat alten Menschen zur Verfügung stellt, in Anspruch zu nehmen. Auch einer meiner Freunde fährt als Greis für einen stark ermäßigten Fahrpreis mit der Eisenbahn, es sei denn, er hätte es eilig – dann benützt er seinen Porsche.

Man verwies mich auf die „Altenbetreuung". Das Wort gefällt mir ganz und gar nicht. Alte Menschen müssen nicht betreut werde, es sei denn, sie wären krank. Also genügt der allgemeine Begriff „Krankenbetreuung".

Zugegeben, manche Menschen benehmen sich ab einem gewissen Alter so, als würden ihnen die Eltern fehlen, die sagen: „Herrgott, reiß dich zusammen! Geh anständig, sitz gerade, lass das und tu dieses!"

Warum sollte nicht auch ich aus dem Glauben, dass alte Menschen hilfsbedürftig sind, Nutzen ziehen?! Bei der zuständigen Vermittlungsstelle für „Altenbetreuung", bei der ich mich zunächst telefonisch erkundigte, meldete sich eine sympathische Frauenstimme.
„Wie alt sind Sie?"
„Zweiundachtzig", antwortete ich.
„Sind Sie bettlägerig?"
„Ja", sagte ich wahrheitsgemäß, „aber nur nachts."
„Suchen Sie einen gewissen Ort selbst auf?"
„Mir bleibt nichts anderes übrig, weil mir niemand diese Tätigkeit abnimmt!"
„Keine Sorge", sprach die freundliche Frauenstimme, „wir können Ihnen behilflich sein."
„Das sollte mich Wunder nehmen", stellte ich fest.
„Können Sie sich Ihre Speisen selbst zurichten?"
Da ich keinen Kochkurs absolviert hatte, antwortete ich: „Nein."

„Und wie steht es mit dem Hören?"
„Ich kann Sie gut hören."
„Und sehen?"
„Sehen kann ich Sie nicht."
Sie schwieg eine Weile, offenbar erschrocken, dann meinte sie:
„Das erschwert die Angelegenheit ein wenig. Man bekommt sehr schwer einen Blindenhund."
„Der würde Sie an meiner Stelle auch nicht sehen."

Ihrem Mitleid nachhängend ging sie nicht weiter darauf ein.
„Wir hätten da eine Altenbetreuerin …"
Ich unterbrach sie: „Eine alte Betreuerin? Eine junge wäre mir lieber."
„Die Dame ist sechzig Jahre alt und noch sehr rüstig."
Was soll es – dachte ich. Immerhin könnte sie meine Tochter sein.

Die Altenbetreuerin kam pünktlich und nannte sich Altenpflegerin. Sie war ein wenig gehbehindert, doch das störte mich nicht. Ich war ihr gerne behilflich.
„Wo liegt der alte Herr?", fragte sie mich.
„In seinem Schlafzimmer. Doch da müssen Sie warten bis ich zu Bett gehe, das kann spät werden."
„Sind Sie das etwa?"
„Ja, ich bin der Alte. Ich kann Ihnen das mit meinen Zähnen beweisen."
„Ich glaube Ihnen", sagte sie. „Manche alten Leute überschätzen sich, manche trauen sich zu wenig zu. Sie gehören offensichtlich zu den Überschätzern."

Sie hatte einen Rollstuhl mitgebracht, in den sie mich drückte.
„Ich kann sehr gut gehen", protestierte ich.

„Mag schon sein, aber Sie sollten nicht so lange stehen. Vergessen Sie nicht, dass Sie zweiundachtzig Jahre alt sind."

Vor unserem Haus fing ein Hund erbärmlich an zu jaulen. „Ach mein Gott, das ist der Blindenhund", sagte die Altenpflegerin. „Den brauchen wir wohl nicht mehr!"
„Lassen Sie ihn herein", schlug ich vor, „er könnte meinen Rollstuhl ziehen."
Ich fand die Fahrerei mit dem Rollstuhl recht angenehm. Auch als Schreibtischsessel war er äußerst praktisch. Ich konnte mich zu den Aktenschränken rollen, zu meiner Bibliothek und so weiter. Mir fielen meine Tage im Kinderwagen ein. Irgendwie findet der Mensch zu seinen Wurzeln zurück.
Hin und wieder rief sie mir zu, „Bitte bringen Sie mir dies oder jenes". Ich sprang dann aus meinem Stuhl und holte es. Sie entschuldigte sich mit ihrem Alter. Kaum einen Wunsch verweigerte ich ihr, bis auf diesen: nämlich mich abends im Bett – von ihr waschen zu lassen.

Als meine Frau sagte, ich würde bei dieser Pflege womöglich senil werden, versuchte ich diesen gütigen Menschen los zu werden.
„Niemals!", rief sie, „ich werde doch einen über Zweiundachtzigjährigen nicht ohne Hilfe lassen."
Erst als ich einen Stuhl auf den Tisch stelle und auf diesem einen Handstand machte, verließ sie fluchtartig das Haus.

Ich weiß, dass ich nach dieser Geschichte niemals mehr eine Pflegerin bekommen werden – nicht einmal als Hundertjähriger.

Ich habe mich daher entschlossen – selbst Altenbetreuer zu werden.

Die Altenbetreuung

R·GG.'99

DIE BAHNFAHRT

In uralten Zeiten verstand man unter einer „Reise" ein kriegerisches Unternehmen. Die Soldaten wurden „Reisige" genannt. Die Fortbewegungsgeschwindigkeit glich der einer Schnecke. Später schafften die Kreuzfahrer etwa 15–20 km am Tage. Entsprechend lang dauerte es, bis die reisigen Ritter wieder aus dem Heiligen Land zu ihren Ehefrauen zurückgekehrt waren, was zur Erfindung des Keuschheitsgürtels führte.

Mit der Erfindung der Bahn begann für den Reiseverkehr ein neues Zeitalter.
Die erste Pferdeeisenbahnstrecke wurde im Jahr 1795 in England eröffnet. Die erste Dampflokomotive, von Stephenson erbaut, wurde 1814 für die Strecke Stokton-Darlington in England eingesetzt.

Von meinem Urgroßvater besitze ich einen kleinen ausziehbaren Guckkasten aus Karton und Papier, in dem man die erste Eisenbahnfahrt in Deutschland bewundern kann, die am 7. Dezember 1835 von Nürnberg nach Fürth stattfand.

Ich, der Urenkel, fliege meinen Zielen entgegen, wenn es sein muss, rund um die Erde. Oder ich durchquere Europa hinter dem Steuer meines Autos.

Es sei denn, meine Frau hat andere Ideen, wie etwa mit mir für eine Urlaubswoche nach Italien zu fahren. Die Wünsche meiner Frau sind auch meine Wünsche.

Eine Urlaubsreise von Österreich nach Italien könnte man heutzutage eher als Ausflug bezeichnen. Mir war das gegenüber unserer Bedienerin, des kurzen Weges wegen, etwas peinlich, weil sie uns kürzlich ihren Urlaub auf den Balearen geschildert hatte.

„Na gut, dann werde ich unser Auto durchchecken lassen", sagte ich.
Meine Frau machte mich darauf aufmerksam, dass bereits die Eisenbahn erfunden worden wäre.
„Das Auto ist viel praktischer", antwortete ich.
Sie zitierte: „Nimm Urlaub vom Auto, fahr mit der Bahn! Im Zug kannst du lesen, essen, spazierengehen, hörst keinen Motorlärm, die Waggons fahren ganz leise, du kannst schlafen und du brauchst das Gepäck nicht mühsam im Auto verstauen. Stell dir vor, du sitzt gemütlich in einem Clubsessel, vor dir ein reichliches Frühstück, nichts stört dich. Autofahrer sitzen indessen erschöpft vor ihrem Lenkrad, starren auf die Autobahn und stecken alle Augenblicke im Stau."
„Einverstanden", sagte ich, „dann fahren wir mit der Bahn. Ich werde die Karten besorgen."
„Nicht nötig. Ich habe sie bereits."
„Was!", rief ich empört, „du hast von vornherein angenommen, dass ich mit deinem Vorschlag einverstanden bin?"
„Rege dich nicht auf! Freue dich, dass du die Karten nicht holen musst. „
Mit der Logik meiner Frau komme ich nicht immer zurecht.

Ich bin ein Nachtmensch und stehe nicht gerne frühzeitig auf.
„Wir reisen zu einer durchaus christlichen Uhrzeit", beruhigte mich meine Frau. „Der Zug fährt erst um sechs Uhr ab."
„Das ist schön", freute ich mich. „Da haben wir fast den ganzen Tag Zeit uns auf die Reise vorzubereiten."
„Ich meinte um sechs Uhr morgens."
„Höre ich recht? Da müssen wir spätestens um fünf Uhr aufstehen."
„Um vier", sagte sie. „Um fünf kommt das Taxi."

Um vier Uhr wankte ich in das Bad. Ich kam mir wie ein ins Wasser gefallener Nachtwächter vor.
Dann setzte ich mich an den Frühstückstisch.
„Auf was wartest du?", fragte meine Frau.
„Auf das Frühstück."
„Seit wann frühstückst du mitten in der Nacht?"
„Du hast diese Zeit christlich genannt."
Mein Frau lächelte mütterlich.
„Wir werden gemeinsam in aller Ruhe unser Frühstück in der Bahn genießen. Vergiss nicht, wir fahren nicht mit dem Auto!"

Um fünf Uhr war das Taxi nicht da.
„Wir werden die Koffer auf die Straße stellen", sagte meine Frau, „damit wir keine Zeit verlieren."
Um 10 Minuten nach fünf wurde sie unruhig.
„Wieso kommt das Taxi nicht?"
„Was sind schon zehn Minuten", beruhigte ich sie, „zehn Minuten in einem langen Leben?!", hoffend, dass der Taxifahrer uns vergessen habe, und ich mich wieder ins Bett legen könnte.

„Da kommt er!", rief meine Frau.

Am Bahnhof sahen wir uns nach einem Träger um. Es war keiner in Sicht. Auch kein Gepäckwagen. Man rechnete anscheinend nur mit ankommenden Fahrgästen.

„Zieh du die großen Koffer, ich nehme die kleinen", sagte meine Frau."
Zwei rollende Koffer im Gleichgewicht zu halten ist nicht leicht. Daher fiel einer immer wieder um. Auf der Rolltreppe riet uns eine Dame: „Sie sollten einen Träger nehmen."
Humor auf dem Bahnhof!

Auf dem Bahnsteig angekommen, stellte es sich heraus, dass es nicht der richtige war. Und der Richtige war nicht jener, auf dem unser Zug ankommen sollte, denn man hatte ihm indessen ein anderes Geleise zugewiesen. So lernten unsere Koffer fast die gesamte Bahnanlage kennen.
„Ich behaupte kühn", sagte ich zu meiner Frau, „dass es mir leichter gefallenen wäre, die Koffer im Auto zu verstauen."

Als wir hoffnungsvoll auf dem richtigen Bahnsteig standen, hörten wir, dass unser Zug vierzig Minuten Verspätung habe.
„Unser Auto", sagte ich, „kommt immer pünktlich."

Ich weiß, dass man solch spitze Bemerkungen unterlassen sollte. Aber ich bin halt auch nur ein Mensch.
Meine gutmütige Frau ging nicht darauf ein, sondern machte einen klugen Vorschlag.
„Wir könnten indessen im Bahnhofsrestaurant frühstücken."
Ich hielt einen Beamten auf: „Wo befindet sich das Restaurant?"
Er zeigte in die Ferne und sagte: „Am Ende."

Unsere Koffer freuten sich auf die Ortsveränderung.
Das Frühstück, das uns serviert wurde, sah köstlich aus.

Da ertönte aus einem Lautsprecher, so verständlich wie es sich alle Generaldirektoren von Eisenbahnen vorstellen:
„Daa brrwung bänden Sie ööhn Gleis vörundsss Bitt eisteiei …“
„Um Gottes Willen“, entsetzte sich meine Frau, „unser Zug!“
„Zahlen!!!“, rief ich und warf noch eine letzten verzweifelten Blick auf unser nicht verzehrtes Frühstück.

Wir erreichten, der Koffer wegen, keuchend den Bahnsteig. Meine Frau fragte: „Hast du verstanden, was da nuschelnd durch den Lautsprecher hallte?“
„Ich dachte, du hättest es verstanden.“
Es stellte sich heraus, dass nicht unser Zug gemeint war.
„Wir könnten wieder zurückgehen“, schlug ich vor.
Als wir das Ende unseres Bahnsteiges erreichten, rollte unser Zug ein, der die Verspätung ein wenig aufgeholt hatte.
„Wir werden unser Frühstück gemütlich im Zug einnehmen“, tröstete meine Frau.
Ich sah sie an und sagte: „Schau mir in die Augen, Kleines.“
„Warum?“
„Sage mir, ob du bereits Hungerödeme in meinem Antlitz entdeckst.“

Wir sahen einen Träger, der einen Elektrowagen fuhr.
„Hallo!“, schrie ich und es klang wohl so wie die Hilferufe eines Ertrinkenden.

Wir erklärten dem Kofferfahrer, dass er uns am vorderen Ende des Zuges in der 1. Klasse finden werde.

Die Bahnfahrt R·Gb.'99

Frei, wie die Vöglein in Walde, ganz so wie Autofahrer, eilten wir nach vorne, stiegen ein und machten es uns im Abteil bequem.
Die Türen wurden geschlossen.
Doch halt! Wo war unser Koffermann?

Da! Dort ganz hinten. Wir hatten es offenbar mit einem kurzsichtigen, unbebrillten Kofferbeförderer zu tun. Wir winkten ihm so leidenschaftlich zu wie Passagiere eines Auswandererschiffes.

Da der Zug sich langsam in Bewegung setzte, riss er eine der Türen auf und warf unsere Gepäckstücke in den Waggon.
„Gott sei Dank!", sagte meine Frau erleichtert. „Du kannst jetzt das Gepäck holen."

Ich schleppte jeweils einen Koffer, den ich vor mich hinhielt, durch die engen Gänge des Zuges. Als ich meinen vierten Koffer heranschleppte, fragte mich ein Herr, der wohl annahm, dass ich jeweils mit dem gleichen Gepäck an ihm vorbeikam:
„Finden Sie Ihr Abteil nicht?"

Wissen Sie, was meine Frau sagte, als sie liebevoll alle vier Gepäckstücke betrachtete?
„Wir haben uns das Geld für den Gepäckträger erspart."

Uns gegenüber nahm ein Herr Platz, der zur Sorte der gesprächigen Mitreisenden gehörte. Er fragte ohne Anzeichen einer Hemmung, wohin wir reisen wollten.
„Nach Italien", antwortete ich.
„Urlaub?"
„Ja."

„Warum Italien?"
Ich antwortete bedeutungsvoll: „Weil dieser Zug dorthin fährt."
Er ließ sich nicht abschrecken: „Sie könnten zum Beispiel in der nächsten Station aussteigen."
„Das hätten wir auch zu Fuß geschafft."
Er deutete auf unser Gepäck: „Nicht mit diesen Koffern."

Ein Mann mit einem Büfettwagen erschien. Mein frühstücksloser Magen jubilierte.
„Wünschen die Herrschaften Kaffee, Orangensaft, Kola oder ein Bier?"
„Wir möchten etwas essen", sagte meine Frau.
„Da hätten wir Salzmandeln, Zuckerln, Pfefferminzpastillen …"
Pfefferminzpastillen? Ich dachte ich höre nicht recht.
„Wir möchten frühstücken", sagte ich.
„Frühstücken?", zeigte er sich offensichtlich überfordert.
„Vielleicht Kartoffelchips?"
„Wir wollen frühstücken, nicht knabbern."
Der Mann schüttelte den Kopf.
„Das können Sie nur im Bahnhofsrestaurant."
„Ich erinnere mich", sagte ich.
Meine Frau begnügte sich mit einem Pappbecher Kaffee und ich mit einer Dose Kola und, meiner Stimmung entsprechend, mit Bitterschokolade.

„Sie hätten zu Hause frühstücken sollen", sagte unser Reisegefährte.
„Nachts frühstücke ich nicht. Und auf dem Bahnhof haben wir die Durchsage nicht verstanden", sagte ich für ihn nicht sehr aufschlussreich.
„Von welchem Bahnhof sind Sie denn weggefahren?"
„Vom Bahnhof", gab ich zur Antwort. „Bahnhof ist Bahnhof."

„Da irren Sie aber gewaltig. Es gibt Endbahnhöfe, Zwischenbahnhöfe, Trennungsbahnhöfe, Kreuzungs- und Übergangsbahnhöfe …"
„Sind Sie Bahnbeamter?", fragte meine Frau.
„Ja. Ich bin Fahrdienstleiter eines Knotenpunktbahnhofes."
„Interessant", staunte meine Frau. „So viele verschiedene Bahnhöfe gibt es?"
„Na und ob!", triumphierte er:
„Kopfbahnhöfe zum Beispiel, bei denen die Hauptgeleise stumpf enden …"
„Enden!", sagte ich. „Beenden!", denn ich wollte, im Gegensatz zum armen Autofahrer, gemütlich lesen.
Meine Frau sah mich vorwurfsvoll an.
Der Mann setzte genüsslich fort: „Durchgangsbahnhöfe, Turm- oder Brückenbahnhöfe, die kreuzen sich auf verschiedener Höhe auf Brücken ..."
Er wurde unterbrochen, denn der Zug hatte an einer Station Halt gemacht.
Eine Mutter betrat mit einem schreienden Kind das Abteil.
„Hoch Herodes!", murmelte eiskalt der Bahnhofspezialist.
„Wie können Sie so etwas sagen?", empörte sich meine Frau.
„Keine Gefahr", sagte unser liebenswerter Nachbar, „Herodes lebt nicht mehr. Es gibt auch Verschiebebahnhöfe", setzte der Herodesliebhaber seine Aufzählungen fort, „Hafenbahnhöfe und Viehbahnhöfe …"
„Von Letzteren sind wir nicht weggefahren", unterbrach ich seinen Redefluss, fürchtend, dass er noch genügend Bahnhöfe für den Rest der Reise zur Verfügung habe.

Nach dem vergeblichen Versuch zu lesen und den vor meinen Augen wie Schäfchen vorbeiziehenden Bahnhöfen, war ich eingeschlafen. Ich träumte, ich säße tief befriedigt zu Hause vor einem reich gedeckten Frühstücks-

tisch, als ich durch den Ruf „Hauptbahnhöfe" aus meinen Schlaf aufschreckte. Ich sprang auf.
„Sind wir schon da?", rief ich.
Unser Nachbar grinste: „Ich hatte diesen wichtigsten Bahnhof vergessen."

In der nächsten Station stieg eine Dame ein, die vermutlich zuvor in ein Parfumfass gefallen war. Ich ertrug diesen Dunst nicht lange und flüchtete auf den Platz vor der Toilette, neben dem sich ein kleiner Klappsitz befand.

Sehr störend empfand ich, dass die Toilettenbesucher annahmen, ich würde dort geduldig auf einen frei werdenden Sitz innerhalb der Toilette warten und so boten sie mir den Vortritt an. Was ich ablehnen musste. Sie fassten dies als Höflichkeit auf und hielten mir daher beim Verlassen des Örtchens die Türe auf. Um mich nicht wieder erklären zu müssen, trat ich jeweils ein, um den Ort sofort wieder zu verlassen. Schließlich empfand ich das Parfum doch noch besser, als das Eau de Toilette.

Meine Frau vertrieb sich indessen die Zeit mit der Auflösung eines Preisrätsels, das sie in der Gratiszeitung der Eisenbahngesellschaft entdeckt hatte. Der Hauptgewinn war eine 14-tägige Reise für zwei Personen nach Sizilien, gleichgültig von welchem Punkt Europas aus, samt Übernachtung und Halbpension.

Über den Lautsprecher wurde bekannt gemacht, dass in dieser Station ein Speisewagen angehängt worden wäre.
„Hurra!" rief ich. „Frühstück hin, Frühstück her – jetzt wird zu Mittag gegessen!"

Da wir die Koffer nicht unbeaufsichtigt lassen wollten, besuchte zuerst meine Frau den Speisewagen. Sie kehrte erst nach längerer Zeit zurück und meinte: „Ein Glück, dass ich noch einen Platz bekommen habe, denn es hatte sich unerwartet eine Reisegesellschaft angesagt."

Als ich den Speisewagen betrat, war die Reisegesellschaft gottlob nicht mehr anwesend.
Ich verlangte die Speisekarte.
Der Ober neigte sich zu mir und – so, als teile er mir eine besonders spannende Neuigkeit mit – flüsterte er:
„Eine Reisegesellschaft hatte sich unerwartet angemeldet."
„Wie schön", sagte ich.
„Wir haben daher keine Speisen mehr. Aber ich könnte Ihnen anbieten …"
Ich unterbrach ihn:
„Pfefferminzpastillen!"

Meine Frau tröstete mich. „Dafür serviert man dir am Urlaubsort eine köstliche italienische Küche."
„Ja", sagte ich, „und die werde ich essen und essen und essen!"
„Das wirst du nicht, weil du zu dick wirst."
Ich beruhigte sie: „Ich werde wieder sehr schnell abnehmen."
„Wieso?"
„Weil wir wieder mit der Bahn zurückfahren."
Meine Frau sagte kleinlaut: „Das nächste Mal reisen wir mit dem Auto."

Wieder zu Hause, erreichte uns ein Brief der Bundesbahn mit der Mitteilung, dass meine Frau den Hauptpreis des von ihr in der Bahn gelösten Rätsels gewonnen habe:
Einen zweiwöchigen Aufenthalt für zwei Personen an einem Ort freier Wahl innerhalb Europas, in einem Fünf-

Sterne-Hotel samt Halbpension, inklusive der Bahnfahrt erster Klasse!

„Schade“, meinte meine Frau, „dass wir diesen Preis nicht annehmen können.“
„Wieso?“
„Weil du nicht mit der Bahn fahren willst.“
„Sagtest du 14 Tage – Fünf-Sterne-Hotel – mit Verpflegung?“
„Ja.“
„Ich liiiiiiebe – Bahnfahrten!“

Die durch den Wein erreichte Ekstase

Der Wein hat im Kultus vieler Religionen eine besondere Bedeutung. Man glaubte durch den Genuss des Weines und die dadurch erreichte Ekstase in eine nähere Verbindung zur Gottheit zu gelangen. Der Wein spielt vor allen Dingen in der Smbolsprache der Mystik eine besondere Rolle. Und diese Symbolsprache findet in der blumenreichen Sprache der Weinkenner ihre Fortsetzung. Sie ist allerdings weniger mystisch, als dass sie eher dem Stil orientalischer Märchen gleicht. Womit ich keineswegs den profunden Weinkennern zu nahe treten möchte.

Sie werden mir sicher zustimmen, dass für Weine die Bezeichnungen, wie etwa „Lecker im Körper mit feiner Lieblichkeit" oder „Betörend zunächst die Nase, bevor er den mundfüllenden Körper perfekt macht", eine sehr vermenschlichende Charakterisierung des Weines ist.

Ich könnte mir vorstellen, dass etwa der Inhaber eines Eheinstitutes in ähnlicher Weise seine Klienten bzw. Klientinnen beschreibt.

Hören Sie sich folgende Geschichte an!

Ein ältliches Fräulein, nennen wir sie aus Diskretionsgründen Fräulein Bernstein, in Wirklichkeit hieß sie Müller, verwechselte in einem türenreichen Bürohaus den Eingang der Weingroßhandlung „Europa" mit der des Eheinstitutes „Aurora".

Fräulein Bernstein betrat das Büro des Großhändlers, in dem keine Weine ausgestellt waren. Höflich wurde sie vom Inhaber des Unternehmens, der sinnigerweise den Namen Peronospora trägt, gebeten Platz zu nehmen.
Ein wenig schüchtern sagte sie: „Ich möchte mich nicht sofort binden."

„Das ist doch selbstverständlich", versicherte der Geschäftsmann. „Zunächst werde ich mir erlauben, Ihnen verschiedene Angebote zu unterbreiten. Vielleicht nennen Sie mir einige Anhaltspunkte."

„Na ja, was soll ich sagen? Charakter soll er haben und extravagant sein, auf jeden Fall etwas Besonderes, nur kein Mittelmaß. Ich könnte mir einen vorstellen der reich und charmant ist, das Alter spielt im Prinzip keine Rolle."

Der Geschäftsmann strahlte: „Vorzüglich beschrieben. Da hätte ich etwas für Sie. Er hat so viel Charme und Weichheit, dass man ihn jetzt genießen sollte, denn er hat kein langes Leben."

Fräulein Bernstein erschrak sichtlich.
„Ich soll ihn jetzt genießen, weil er kein langes Leben hat? Entsetzlich! Wieso bieten Sie mir so etwas an?"
„Verzeihen Sie, aber nicht wenige wollen ihn gleich geniessen und nicht lange im Hause behalten."
Fräulein Bernstein meinte schockiert, „Menschen gibt es, da wundert man sich!"

„Na ja“, meinte Herr Peronospora, „die Geschmäcker sind halt verschieden. Sie ziehen etwas Fülliges vor?“
„Nein, nein!“, protestierte sie. „Ich liebe eher das Schlanke.“
„Da hätte ich einen ganz schlanken Italiener, spritzig …“
„Auf keinen Fall einen Südländer“, unterbrach sie ihn. „Für den Urlaub mag das wohl was sein, aber für zu Hause ...“
„Sehr ausgewogen Ihre Vorstellungen“, lobte der Händler, „obwohl ich auch welche habe, die sehr den Franzosen ähneln, und die zum Beispiel samtig weich sind.“
„Nein, das mag ich gar nicht.“
„Gut, dann hätte ich etwas ganz Besonderes für Sie – muskulös und fleischig im Körper! Sie sollten ihn einmal ganz unverbindlich probieren.“

Fräulein Bernstein schien schockiert: „Unverbindlich probieren?!“
„Ja, so Schluck um Schluck. Er füllt den Magen auf fröhliche Art. Nicht jeder kauft die Katz im Sack.“ Herr Peronospora lachte etwas gekünstelt.
„Ich glaube, ich hätte etwas“, fuhr er fort, „was Ihnen zusagen wird, Hamilton Russel, prächtig duftend …“
„Parfümiert?“
„Nein, völlig unangetastet original. Oder vielleicht den? Trocken, ohne dabei übertrieben herb zu sein, mit herrlich prickelnder Frische.“
„Den schon eher“, meinte sie.
„Ich glaube Sie haben einen ganz besonderen Geschmack“, schmeichelte der Mann. „Er hat eine pfeffrige Note im Abgang.“
„Im Abgang? Was meinen Sie damit.“
„Ich meine, wenn Sie ihn genossen haben.“
Fräulein Bernstein war verärgert. „Könnten Sie sich nicht etwas gewählter ausdrücken?!“

„Vielleicht bin ich etwas zu direkt. Aber alle sind nun einmal sehr kräftig. Vielleicht weniger körperreich und voluminös, aber sie haben etwas lang anhaltendes mit Pflaumenduft!"
„Mit Pflaumenduft?"
„Ja und einem langen Nachspiel."

Fräulein Bernstein stand nun endgültig schockiert auf und sagte: „Ich denke, dass dies jetzt reicht."
„O nein", missverstand sie Herr Peronospora, „fleischig im Mund und langanhaltend im Finale."
„So genau will ich es nicht wissen!"

Und er steigerte sich, fürchtend eine Kundin zu verlieren: „Tiefrot, fast schwarz, runder opulenter Körper, sehr entgegenkommend, mit festem Rückgrat. Noch zwanzig Jahre ‚Leben'. Ein wahrer Gaumenschmeichler. Ein hervorragender Menuebegleiter mit komplexem Abgang."

Fräulein Bernstein stand bereits an der Türe und rief ihm zu: „Ich verzichte auf Ihre Gaumenschmeichler und Sie werden jetzt meinen Abgang erleben."
In ihrer Empörung hatte sie jegliche Schüchternheit verloren.

Doch Herr Peronospora hatte bisher noch niemals in seiner erfolgreichen Karriere eine derartige Pleite erlebt. Sein Stolz ließ dies nicht zu und er rief seinerseits ihr zu: „Ich habe da einen Overlok von außergewöhnlicher Persönlichkeit und Komplexität. In dieser Fülle selten anzutreffen. Himmlisch, blitzsauber, den Sie auf eine einsamen Insel mitnehmen würden. Ein Zauber für das Reich der Sinne und des Geschmacks. Einen, den Sie nicht so leicht mehr finden werden. Ich gebe Ihnen gratis so eine Flasche mit."

„Wenn Sie Ihre Klienten als Flaschen bezeichnen, sagt das alles."
„Wieso Klienten? Ich spreche vom Wein."
„Wein? Was haben Sie mit Wein zu tun?"
„Nur mit Wein."
„Ist das etwa nicht das Eheinstitut Aurora?"
„Aurora?", Herr Peronospora wollte sich ausschütten vor Lachen, „Sie sind nicht bei Aurora, sondern bei der Weingroßhandlung Europa. Das Eheinstitut finden sie eine Türe weiter!"

Fräulein Bernstein holte tief Luft, dann lächelte sie, so als hätte sie eine wichtige Entscheidung für ihr Leben getroffen.

„Was sagten Sie vorhin? Eine außergewöhnliche Persönlichkeit? Himmlisch und blitzsauber? Ein Zauber für das Reich der Sinne? Für eine einsame Insel? Den nehme ich! Aurora wird mir das nie bieten können."

„Nein", sagte der Weinhändler im Brustton der Überzeugung, „so eine Flasche nicht!"

Weiblich

Sie war entzückt, als sie ihn sah,
Ihn sich zu nehmen, lag so nah.
Ach, sie weiß, dass es nicht richtig,
Dass es ganz und gar nicht wichtig,
Denn sie hat genau den Gleichen,
sehr bequemen, schlanken, weichen.
Anschmiegsam, sogar erotisch.
Doch sie ist nun mal chaotisch.
Sie findet einfach keine Ruh!
Drum –
Kaufte sie sich diesen Schuh!

Du fahren Zierleitengasse!

oder

Das Vorurteil

Die Erfahrung ist die Summe der Sachkenntnis und Einsichten, die sich aus der praktischen Auseinandersetzung mit den Dingen und Verhältnissen ergeben. Erfahrung und Denken sind allerdings zweierlei Dinge und so führt die Erfahrung nicht selten zu Vorurteilen.

Das Beharren auf Erfahrungen, die sich in der Praxis oft bewährt haben, führt zum „Sichverschließen" für neue Erkenntnisse.
Nichts ist immer gleich. Und Gleiches ist nicht für immer.

Überraschungen bleiben daher nicht aus.

Unter einem Taxi versteht man einen Mietwagen mit einem Taxameter und einem Fahrer. Wobei der Mieter mehr den Taxameter, als den Fahrer im Auge behält.

Das Wort „Taxis" hat eine andere Bedeutung. Man versteht darunter eine Art Raumorientierung, eine durch Außenreize bewirkte Ortsbewegung frei beweglicher Lebewesen.

Unser Taxifahrer war frei beweglich und ein Lebewesen, doch mit der Raumorientierung haperte es.

Meine Frau, Freund Helmut und ich besuchten in Wien meine Stiefschwiegermutter, die des großen Altersunterschiedes wegen Onkel zu mir sagt.

Der Taxifahrer, auf Wienerisch „Taxler" genannt, war ein munterer Mann südlichen Einschlages.
„Bitte in die Zierleitengasse", gab ich das Ziel bekannt.
„Ich Sie führen genau hin", bekundete er.
„Das ist schön", sagte ich.
„Wo sein Zierleitengasse?"
„Sie wissen es nicht?"
„Ich bald wissen. Haben Plan."
„Vielleicht kennen Sie Salmannsdorf?"
„Meinen Salmgasse. Sie lachen. Meine Schwiegermutter wohnen in Salmgasse."
„Aber meine Schwiegermutter nicht! Ich sagte Salmannsdorf. Von dort fahren Sie hinauf zur Zierleitengasse."

Er fuhr bereits los. Vor einer Verkehrsampel musste er stehen bleiben und studierte bei dieser Gelegenheit den Stadtplan. Die Ampel zeigte bereits grün und hinter uns hupten ungeduldige Autofahrer.

„Leute in Wien, wie soll ich sagen, nervus."

Er startete mit Vollgas und wir klammerten uns an die Lehnen der Vordersitze.

„Ich haben Straße!", schrie er auf und es klang wie ein Jubelschrei. „Ziererplatz! Dritter Bezirk."
„Halt!", rief Helmut. „Nicht Ziererplatz, sondern Gasse. Nein, nicht Gasse oder doch – aber Zierleitengasse!"

„Dann ich verstanden falsch. Nix machen, ich genau wissen.“
Er scherte gefährlich aus einer Kolonne aus.
Meine Frau flüsterte ängstlich: „Ich hoffe, wir überleben das.“

Unser Fahrer zeigte nach rechts.
„Da, Sie sehen Denkmal von Russen. Waren nix gutt!“
„Sie auch nix gutt! Was haben Sie hier zu suchen?“
„Ich suchen Zieglergasse. Aber nicht nervus. Ich finden.“
Helmut schien zu resignieren.
Wütend rief ich: „Nicht Zieglergasse, sondern Zierleitengasse!“
„Vielleicht nicht in Wien?!“, sagte er tatsächlich todernst.
„Glauben Sie etwa in Kairo, Belgrad oder Istambul? Natürlich in Wien!“
Er machte eine Vollbremsung.
„Auto zu viele in Stadt“, entschuldigte er sich, „Herrschaften von Wien?“
„Von Salzburg. Wieso interessiert Sie das?“
„Leute in Salzburg auch nervus.“
„Sehr sogar“, sagte ich, „sofort halten Sie und lassen uns aussteigen.“
„Herrschaften heute nix Zierleitengasse?“

Wir bezahlten im Bewusstsein am Leben geblieben zu sein.

Ich winkte ein anders Taxi heran. Wir stiegen ein.

Während der Fahrt gaben wir unser Ziel bekannt. Als sich der Fahrer umdrehte, sahen wir in ein dunkles, edles, ebenholzfarbiges Gesicht. Wir blickten uns entsetzt an. Helmut ergriff die Initiative.

„Wir Zierleitengasse. Du wissen wo?“
„Ja“, anwortete der Taxifahrer.
„Über Salmannsdorf, du kennen?“
„Ja.“
Meine Frau flüsterte: „Hoffen wir es.“
„Ich Ihnen zeigen Weg!“, sagte Helmut.
„Nicht nötig.“
„Aber ich wissen genau“, beharrte Helmut.
„Ich auch.“
„Du schon lange Wien?“
„Ja und Sie?“, fragte der Fahrer.
Helmut antwortete verdutzt: „Ich?! Ich geboren Wien!“

Der Fahrer drehte seinen Kopf ein wenig nach hinten, dann meinte er:

„Sie sind in Wien geboren? Nehmen Sie es mir bitte nicht übel mein Herr, aber dafür sprechen Sie ein sehr schlechtes Deutsch.“

Das Leben

Lieben, essen, schlafen, saufen,
Gelegentlich die Haare raufen,
Schreiben, lesen, Wäsche waschen,
Manche rauchen, manche haschen.
Regen, Nebel, manchmal Föhn –
Ei, wie ist das Leben schön!

Die Haltung

Die Haltung ist ein psychosomatischer, also ein seelisch-körperlicher Begriff. Sie wird von der Festigkeit des Charakters bestimmt. Auch die körperliche Haltung kann, ebenso wie die Sprache, dem Psychologen einiges über das Wesen eines Menschen verraten.

Diese Einheit bietet das Bild, das man seiner Umwelt vermittelt.

Wer mit schleppendem Gang und hängenden Schultern durch die Gegend latscht, zählt nicht zu den Großen dieser Welt. Ausnahmen bestätigen, wie immer, die Regel.

Mein fünfzehnjähriger Neffe Emil war im Begriff, sich durch seine Haltung zu einem negativen Menschenbild zu entwickeln. Seine Eltern schienen dies nicht zu bemerken. Er war ein guter Schüler. Das war ihnen für die Zukunft ihres Sohnes wohl das Wichtigste.

Ist es aber nicht.

So nahm ich mir Emil eines Tages energisch vor, um ihm wirkungsvoll zu helfen.

Auf seine gebückte Haltung anspielend, erklärte ich ihm, daß sich die körperliche Haltung des Menschen aus dem Vielfüßlerstand über die halbaufgerichtete Stellung mit noch stark eingeknickten Hüft- und Kniegelenken, zur voll aufrechten Haltung entwickelt habe. Er sei meiner Ansicht nach noch bei den eingeknickten Hüft- und Kniegelenken stehengeblieben.

„Das k**O**nn nicht sein", meinte er. „Für einen Ne**O**ndert**O**ler bin ich zu jung."
„Taler!", verbesserte ich.
„Wieso ‚Taler?' "
„Neandertaler – nicht Ne**O**ndert**O**ler. Eine gute Sprache ist ebenso wichtig wie eine gute Haltung."
„O.K.", sagte er. Womit dieser Fall keineswegs erledigt war.

Emil, der anfing Interesse für die Weiblichkeit zu zeigen, war aus diesem Grunde bereit bei mir Unterricht zu nehmen.

„Also! Geh zunächst einmal ganz locker durch den Raum! Heb den Kopf! Nicht so hoch, das sieht so aus, als hättest du ein UFO entdeckt."
„Wie soll ich denn den Kopf h**O**lten?"
„Mein Gott! Gerade. Schau geradeaus."
„Zu dir?"
„Nein. Ich sitze doch. Das ist zu tief."
„Wieviel Zentimeter vom Boden aus gerechnet?"
„Willst du mich auf den Arm nehmen? Oder gar in Zukunft mit einem Zentimetermaß durch die Gegend gehen? Ja, so ist es richtig. Warum schwingst du jetzt die Hüften?"
„Ich gehe locker."
„Du gehst wie eine Tunte."

„Wie eine Tante?"
„Tunte. Das ist ein Mann, der eine Tante sein möchte – ich meine eine Frau."
„ Das glaube ich nicht."
„Was glaubst du nicht?"
„Dass die Tante wie eine Tunte aussehen möchte."
„Die Tante will auch nicht wie eine Tunte ... Ach, ich erkläre dir das später. Halte dich gerade. Kreuz hohl! Denk an deinen Kopf!"
„Was ist los mit meinem Kopf?"
„Du sollst ... Warte ich lege dir ein Buch auf den Kopf. Mit dem musst du versuchen zu gehen, ohne es zu verlieren."
„Ich denke nicht daran. Was sollen die Leute denken."
„Die denken gar nichts! Du sollst doch nur hier damit gehen. Das Buch darf nicht herunterfallen. Wenn du das fertigbringst, hast du ungefähr die Haltung, die ich meine."

Er schwankte gefährlich durch den Raum. Im letzten Augenblick hielt er sich an einer Stuhllehne fest, während das Buch auf eine Konsole fiel und eine kostbare Vase zertrümmerte.

Die Übung fand in meinem Hause statt.

„Das wird aber teuer für dich", meinte Emil.
„Streck die Arme nach links und rechts in Schulterhöhe aus. So wirst du leichter das Gleichgewicht halten. Gut so. Zum Kuckuck, wie gehst du denn jetzt. Wie ein Seiltänzer! Bist du wahnsinnig, warum schließt du die Augen?

„Ich k**O**nn nicht zu**A**schauen, w**O**nn die nächste V**O**se runterfällt."
„Ich k**A**nn nicht zuschauen!"
„Du auch nicht? Kl**O**ar, sie ist ja auch deine."

„Es heißt nicht k**O**nn, sondern k**A**nn. Und nicht zu**A**-schaun, sondern zuschauen, auch nicht V**O**se, sondern Vase. Kl**O**ar? Klar?"
„Im Gymnasium sprechen alle so."
„Blödsinn! Versuche jetzt beim Gehen zu sprechen. Du verschluckst außerdem die letzten Silben. Dadurch wirst du unverständlich."
„Was soll ich denn jetzt sagen?"
„Sag – sag ganz einfach ‚Lieber Onkel, ich werde immer meinen Kopf nach oben halten!' Aber vergiss nicht: A statt O!"
Emil straffte sich, dann sagte er:
„Lieber **A**nkel, ich werde meinen K**A**pf immer nach **A**ben halten."
Ich bin nicht sicher, ob er mich verspotten wollte.

Da er in der Schule zu den Strebern zählte, zeigte er sich auch in diesem Falle ehrgeizig. Außerdem wollte er bei den Mädchen eine gute Figur machen. Emil zeigte Fortschritte. Das Bild, das er abgab, war zwar immer noch etwas steif, aber ich war sicher, dass er es schaffen würde. Und seine Sprache klang klar und wohltönend.

Seine Eltern waren jedoch nahe daran, mit ihm einen Psychiater aufzusuchen.

„Manfred und ich", klagte seine Mutter, „sind auf das Äußerste besorgt. Wir haben Emil schon mehrmals mit ausgestreckten Händen, einem Buch auf dem Kopf, hoch aufgerichtet durch das Haus gehen sehen, während er ständig sagt: ‚Lieber **A**nkel, ich werde meinen K**A**pf immer nach **A**ben halten!' "

Was soll's, dachte ich, immerhin hat der Bursche Humor!

Die Haltung R·GG.'99

DIE SPRACHE

Die Sprache ist die ursprünglichste aller geistigen Leistungen des Menschen, somit die Grundlage sämtlicher Kulturbereiche. Sie ist gegliedert nach der Mundart, nach der sozialen Stellung, dem Bildungsgrad, dem Beruf, nach Geschlechtern und Altersstufen und schließlich nach der Lebensgemeinschaft.
Die Umgangssprache des täglichen Lebens unterscheidet man von der Hochsprache der Literatur, wie von der der Wissenschaft, von der Verwaltung oder von der feierlichen Rede.
So kann es sein, dass ein und dieselbe Geschichte, die ich aus dem Buch „Chinesisch in 24 Stunden" der Reihe „Die Große Mauer", Herausgeber „China im Aufbau", „Chinesische internationale Buchhandelsgesellschaft", entnommen habe, völlig andere Wirkungen hervorruft.

Die Geschichte zunächst im Original:

列 宁 的 大 衣

冬天，刮着 北风，下着 大 雪，列宁 还 穿着
一件旧大衣。这件大衣 穿了 好 些 年了， 好几个
地方已经补过了。同志们 怕 列宁 冻坏， 都
劝 他 换 一件 新的。
列宁 笑着 说：“不 要， 不 要。 大家 都
一样冷，有的 人 连 旧大衣都 没 有。
后来，革命 胜利了。

Wenn ich Ihnen den Text nun wortgetreu ins Deutsche übersetze, so glauben Sie nicht, dass ich spöttisch jene Sprache nachahme, die man Chinesen darstellende Schauspieler auf der Bühne sprechen lässt.

Die Übersetzung aus dem Chinesischen lautet in diesem Buch wie folgt:

Winter, wehen Nordwind, fallen groß Schnee, Lenin noch tragen ein alt Mantel. Dieser Mantel tragen gut einige Jahr, gut einige Stelle schon geflickt. Genosse fürchten Lenin frieren kaputt, alle raten er wechseln neu.

Lenin lächelnd sagen: „Nicht brauchen, nicht brauchen. Alle, alle gleich kalt. Manche Leute sogar alt Mantel nicht haben. Später, Revolution siegen."

Sehr frei übersetzt, würde die Geschichte etwa so lauten:

Winter ist es. Ein eisiger Nordwind wirbelt den Schnee durch die Straßen von Moskau, durch die soeben Lenin eilt. Frierend hat er seinen zerschlissenen Mantel um sich gezogen. Seine Genossen, die fürchten Lenin könne sich den Tod holen, raten ihm sich einen neuen, wärmeren Mantel anzuschaffen. Lenin lächelt und meint: „Ich brauche keinen neuen Mantel, ich brauche ihn wirklich nicht. Manche Leute wären sogar froh wenigstens einen alten Mantel zu haben. Wenn die Revolution gesiegt hat, werde ich mir einen neuen kaufen."

In einer sehr umgängigen Umgangssprache würde die Geschichte etwa so lauten:

Saukalt war's in Moskau als Lenin mit einem fetzigen alten Mantel durch die Straßen rannte. Seine Genossen sagten: „Wirst schön blöd dreinschauen, wenn du dir eine Lungenentzündung holst."

„Macht nix", hat er gesagt, „die armen Leute haben auch nix Besseres an. Erst siegen, dann kriegen!"

Und jetzt in der Hochsprache der Literatur:
Durch die Häuserreihen von Moskau jagte eine eisiger Nordwind. Dichte Schneeflocken wirbelten in wilder Hast auf und nieder. Die Bewohner der Stadt hatten sich in ihre Häuser zurückgezogen. Ein Mann eilte durch die einsamen Straßen, einem ungewissen Ziel entgegen – der Revolution, die die Welt verändern sollte. Es war Lenin.
Er spürte nicht, wie der Frost in seine Glieder kroch, er bemerkte nicht, dass sein dünner Mantel zerrissen war. Man hatte ihn gewarnt. Eines Tages würde er erfroren aufgefunden werden, zugedeckt von einem Leichentuch aus Schnee und Eis.
Er aber antwortete: „Niemals werde ich mir einen neuen Mantel kaufen, ehe nicht die Ärmsten der Armen umhüllt werden von der Wärme eines neuen, besseren Lebens."

Aus der Sicht eines Arztes klingt es etwa so:
Ein typischer kalter Moskauer Wintertag. Ein Mann eilt durch die Straßen, nur mit einem dünnen alten Mantel bekleidet.

Seine Freunde hatten ihn gewarnt. Wie es sich herausstellte, war sein Name Lenin, der zu jener Sorte Patienten gehört, die sich Ratschlägen und Anordnungen gegenüber taub stellen. So schlug er auch die Warnungen in den eisigen Nordwind.

„Erst die Revolution", sagte er, „dann ein neuer Mantel!"
Als Folge dieses Fehlverhaltens kann es zu einer Pneumonie kommen. Sollte er durch seinen Leichtsinn einen Kälteschock erleiden, darf man ihn nicht sogleich in einen sehr warmen Raum führen. Durch geeignete Medikamente muss dafür gesorgt werden, dass die Durchblutung im Bereich der Erfrierungen wieder normalisiert wird.

Der Schock, den er durch die Honorarnote des Arztes erleidet, ist hingegen durch ein harmloses Kreislaufmittel zu beheben.

Auch die feierliche Rede möchte ich nicht vergessen:
Anlässlich der Feier zum 1. Oktober sprach ein verdienter Kommunist:
„Genossen und Genossinnen, Bürger Moskaus. Bei dieser Gelegenheit möchte ich ein Erlebnis schildern, dass ich seinerzeit mit unserem großen Führer Lenin hatte. Ein Erlebnis, das so recht den aufrichtigen, gütigen und nur an sein Volk denkenden, über alle erhabenen und in seinen Zielen unbeirrbaren Genossen Lenin charakterisiert.
Es war an einem eiskalten Dezembertag des Jahres 1917, als Genosse Lenin durch Moskaus Straßen eilte. Bekleidet mit einem Sommeranzug, über den er einen dünnen, zerschlissenen Mantel trug.
Getrieben vom Kummer über das Elend seiner Genossinnen und Genossen, gejagt von der Sorge um das Gelingen seiner Revolution, spürte er nicht, wie sich das Eis in seinen Bart klammerte, so kalt wie die Hände der Mütter, die ihre frierenden Kinder an die ausgehungerte Brust drücken.
Meine Kameraden und ich warnten ihn, er werde sich den Tod holen. Wenn er sterbe, werde ganz Russland dahinsiechen!

„Nein", rief er, „oh nein! Niemals werde ich mir einen neuen Mantel kaufen, bevor nicht die Revolution gesiegt hat. Dann aber werde ich mir einen Mantel, sogar aus Fellen des Opossum, in Nordamerika bestellen."

Hier unterbricht sich der Redner aus Ergriffenheit, um schließlich seine Rede mit folgenden Worten zu beenden:

„Verzeihen Sie mir, meine lieben Genossen und Genossinnen, wenn mir im Augenblick die Stimme versagt."
Und indem er die Faust zum Himmel erhebt, ruft er:
„Lenin führte uns im Opossum zum Sieg!"

Eltern und Anverwandte haben die unglückliche Eigenschaft, ihre Kleinkinder in einer höchst albernen Sprache anzusprechen.
Es grenzt an ein Wunder, dass die Kinder später von sich aus die richtige Sprache erlernen, sonst würde diese Geschichte so anfangen:

Auf Stassi geht Mandi und tut danz – danz furchtbar frieri, weil er tein Manti hat. Leute sagen, musst wames Manti anziehen. Mandi sagt, „Tui nit, tui erst, wenn alle danz, danz arme Menschi ein warmes Manti haben.

Wissenschaftliche Forschungen haben gezeigt, dass sich zwischen dem 13. und dem 20. Lebensjahr seelische Veränderungen ergeben. Die Pubertätszeit wird dabei als eine vorübergehende hormonelle Vergiftung des Gehirns gewertet, die durch die Vorverlegung der körperlichen Reifeentwicklung in den letzten sechzig, siebzig Jahren, in ein besonders akutes Stadium getreten ist. Das erklärt vieles.

In der Sprache der heutigen Jugendlichen würde die Geschichte etwa so lauten:

Ich glaub', mich schleift ein Bus! Rundum eist es und so ein Wichser schleift durch Moskowitz über die Pampa. Ich denk, mach dich nicht an, der weiß schon was er will, der Lenin, dieser Linksaußen.

Was hört mein feuchtes Auge? Der hat null Bock auf einen warmen Flattermann? Seiner ist so dünn, wie Urinia die Fünfte.
Seine Revoluzzer-Freaks glaubten sie schnallten ab, als sie sein Fähnlein sahen.
„Nein", sagte der Zampo, „erst haut die Bullen platt wie Stullen, dann lege ich Euch gerne einen Fashion-Freak hin.

Meine Geschichte hingegen würde sehr kurz sein:

Lenin fror in seinem dünnen Mantel. Nach der Revolution kaufte er er sich einen wärmeren.

Die Süsse

Im Gegensatz zu Vätern neigen Mütter dazu, ihre Kinder realistisch einzuschätzen. Wohl weil diese Tag und Nacht unter ihrer Beobachtung stehen und die Wünsche der Mütter in eine ganz andere Richtung gehen. Eine Mutter will beschützen, ein Vater erziehen, wenn möglich sein Kind zu einem Genie. Väter finden daher das Verhalten ihres Nachwuchses, das nicht ihren Vorstellungen entspricht, enttäuschend. Mütter sind bescheidener.

Eine Mutter sieht in ihrem Kind etwas Süßes, ein Vater den zukünftigen Weltbürger, das Spiegelbild seines väterlichen Ehrgeizes – wenn auch nicht sein eigenes Spiegelbild.

Mütter benötigen von Fall zu Fall Freundinnen oder Tagesmütter, die auf ihre Kinder vorübergehend aufpassen. Meist befindet sich neben diesen ein Ehemann, der, falls er sich zu Hause aufhält, unfreiwillig zum Tagesvater wird.

Seitdem meine Frau die Tochter ihrer Freundin Brigitte über einen Tag zu sich genommen hatte, kann ich in das Herz einer Tagesmutter schauen.
Christine hieß die „Süße", so ihr Kosename. Sie war zweieinhalb Jahre alt.

Schon am frühen Morgen brachte Brigitte die „Süße" in unser Haus. Sie sei ein braves Kind, meinte sie, und wir würden sie kaum bemerken.

„I nit beibi", erklärte die „Süße".
„Du bleibst", sagte die Mutter streng. „Mami holt dich am Abend wieder ab."
Die Mundwinkel der „Süßen" zogen sich bedenklich nach unten. Meine Frau gab dem Kind ein Stück Schokolade.
Daraufhin sagte die „Süße": „I beibi!", womit sie das Profitdenken der Erwachsenen bereits übernommen hatte.
Als Brigitte dann gehen wollte, schrie das Kind: „I nit beibi!"
Worauf es ein zweites Stück Schokolade erhielt und Brigitte eilig unser Haus verließ.
Wenn das so weitergeht, dachte ich, werden wir das Kind mit einer Gastritis zurückreichen.

Die Kleine hatte bald darauf an einer Porzellanfigur Gefallen gefunden und war dabei, sie von einem kleinen Tisch zu ziehen. Da die Figur eine für diese Aktion nachteilige Eigenschaft besaß, nämlich überaus kostbar zu sein, sprang ich mit olympischen Elan abwehrend dazwischen.

Die „Süße" reagierte für meine Begriffe und in Bezug auf meine Tat, unverhältnismäßig heftig. Sie brüllte aus vollem Hals.
Meine Frau stürzte herein: „Was ist passiert?"
„Die ‚Süße' wollte die Meissenfigur vom Tisch nehmen."
„Na, und?"
„Was heißt ‚na und'? Sie hätte sie kaputt machen können."
„Hat sie aber nicht. Du solltest sie nicht so anschreien."
„Ich habe nicht geschrien, ich habe verhindert."

„Behandle doch die arme Kleine wie deine eigenen Kinder."
„So? Dann wäre die Figur bereits kaputt!"
„Wie meinst du das?"
„Weil ich ihr dann die Figur überlassen hätte. Die Älteste ist bereits 55 Jahre alt. Gib der ‚Süßen' noch ein Stück Schokolade, dann beruhigt sie sich wieder."
„Ich habe keine mehr. Ich werde ihr ein Zuckerl geben!"

„Ja, Zucki!", rief die Kleine.
Da sie zum Ausklang ihrer Heulerei gelegentlich noch einen Schluchzer machte, blieb ihr das Zuckerl im Hals stecken.
Sie begann heftig zu würgen und klammerte sich an meine Frau.
„Um Gotteswillen! Sie wird schon blau!", rief sie.
Ich packte das Kind und hielt es kopfüber an den Füßen.
Meine Frau klopfte ihr auf den Popo.
„Nicht auf dem Popo", schrie ich, „soweit ist das Zuckerl noch nicht – auf den Rücken!"
Sie tat es und das mit Erfolg.
Das Kind strahlte: „Noch ein Zucki!"

Ich setzte mich in mein Arbeitszimmer ab, um an einer Geschichte weiter zu schreiben, an der ich schon sehr lange arbeitete.
Meine Frau kam herein.
„Wo ist die ‚Süße'?"
„Kein Ahnung."
Wir suchten das ganz Haus ab, krochen in alle Winkel, schauten unter Tische und Betten, in Schränke – das Kind war wie vom Erdboden verschluckt. Da hatte meine Frau einen grässlichen Verdacht.
„Du wirst doch nicht die Terrassentüre offen gelassen haben?!"

„Natürlich“, sagte ich, „ich brauche beim Arbeiten frische Luft.“
„Oh Gott! Das Kind wird doch nicht in den Lüftungsschacht gestürzt sein?“
Wir rannten auf die Terrasse. Meine Frau hob den Schachtdeckel auf.
„Süße? Wo bist du?“
Ich erklärte es ihr: „Sollte sie dir antworten, wäre sie im Schacht. Aber dort ist sie nicht.“
„Wieso?“
„Weil der Deckel sich noch darauf befindet. Sie müsste also, nachdem sie hineingestürzt ist, den Deckel wieder darauf gelegt haben.“

Das leuchtete meiner Frau ein. Wir suchten den ganzen Garten ab. Vergeblich. Ins Haus zurückgekehrt hörten wir:
„Kuckuck!“
„Was war das?“, flüsterte meine Frau.
„Ein Vögelchen namens ‚Süße‘!“, erwiderte ich.
Wir entdeckten sie dort, wo wir sie nicht vermutet hätten, nämlich unter meinem Schreibtisch. Sie hatte sich sozusagen zu meinen Füßen niedergelassen.
„Da bist du ja, mein Goldkindchen!“, freute sich meine Frau.
„Ja“, sagte ich, „das ist sie! Nimm das Kind mit, ich muss arbeiten!“
„Ja, freust du dich denn nicht?“
„Worüber?“
„Daß die ‚Süße‘ wieder da ist!“
„Wahnsinnig“, erwiderte ich und begab mich an meine Arbeit.

Bald darauf tauchte das Kind wieder bei mir auf, da meine Frau sie offenbar einen Augenblick aus den Augen gelassen hatte.

„Muss mal!"
„Geh zur Tante, die kann das!"
„Tante daputt!"
„Was soll das nun wieder heißen?", fuhr ich erschrocken auf.
„Tella daputt."
„Du meinst, du hast einen Teller daputt gemacht?"
Ich nahm sie an der Hand und suchte meine Frau.
„Sie sagt, Tella daputt. Meint sie, dass sie einen Teller kaputt gemacht hat?"
„Wir haben ja 14 Stück davon", versuchte meine Frau mich zu beruhigen.
„Soll das heißen, daß er ein Teller unseres teuren Services ist?"
„Vierzehn brauchen wir nie auf einmal. Gelegentlich zwölf", erklärte meine Frau.
„Dann hat sie noch einen Teller gut", meinte ich und begab mich wieder an meine Arbeit. Sie werden es nicht glauben, aber ich fühlte mich langsam gestört.

Als die „Süße" wiederum bei mir auftauchte und auf die Schreibmaschine deutete und „Kuli" sagte, zeigte ich mich berufen das Kind zu unterrichten, nämlich dass das kein Kuli sondern eine Schreibmaschine sei.
„Seibmasine?", fragte sie.
„Ja."
„Nit Kuli?"
„Nit Kuli. Seibmasine, ich meine eine Schreibmaschine."
„Warum?"
„Warum? Weil sie, sie ... Wie soll ich dir das erklären. Ich erkläre dir es nicht, ich muss arbeiten, um Geld zu verdienen."
„Warum?"
„Warum ich Geld verdienen muss?"
„Warum Seibmasine?"

„Weil sie seibt – schreibt!"
„Kuli?"
„Hinaus!", schrie ich. Doch als sie das Gesicht verzog, dämpfte ich sogleich meine Stimme. „Meine Süße, sei lieb und geh zur Tante. Tante hat Zuckis!"
Das verstand sie.

Es gelang mir meine Arbeit fertig zu schreiben. Ich holte mir ein Getränk aus der Küche und setzte mich in den Garten. Nach getaner Arbeit ist gut ruhen.

Die „Süße" tauchte wieder auf.
„Ich auch Safti."
Ich holte ihn.
Dann war es Gott sei Dank ruhig und ich genoss die letzten Sonnenstrahlen, die anfingen auch mein Herz zu erwärmen. Dem Kinde gegenüber stiegen in mir verzeihende Gefühle auf. Mein Herz schlug ruhiger, meine Seele begann zu baumeln, ich nickte ein.

Dann, als ich wieder zu meinem Schreibtisch kam, dachte ich, mein verzeihendes Herz stehe still.

Die Tischplatte war über und über mit Papierschnitzel bedeckt. Es war meine mühsam beendete Geschichte!

Ich sah das Kind stumm an. Mehr vermochte ich nicht.
„I Geld machi!", sagte es und lächelte.
Meine Frau kam ins Zimmer.
„Siehst du, das Kind kann auch sehr brav sein."
Ich betrachtete stumm meine Frau, dann das Kind, dann den Schreibtisch.
„Was hast Du?", fragte sie. Sie schaute auf den Tisch. „Was ist das?"

„Nicht was **ist** das, sondern was **war** das – nämlich meine heute mühsam fertiggestellte Arbeit. Was da herumliegt ist Geld – behauptet die ‚Süße'!"
Von diesem Augenblick an nannten wir das Kind nicht mehr „Süße", sondern Christine.

Als ich bei einem Glas Whisky, sehr mit Wasser verdünnt, Trost suchte, lief mir Christine zwischen die Beine. Ich opferte mein Glas, konnte mich aber auf den Beinen halten. Etwas anderes störte mich weit mehr.

„Eva!", rief ich, „Bitte komm her!"
„Was ist denn nun schon wieder los?"
„Ist das Kind schon stubenrein?"
„Stubenrein sagt man doch nur bei Katzen und Hunden."
„Also gut: Macht es noch in die Hose?"
„Ich weiß nicht, ich glaube in diesem Alter nicht mehr, höchstens bei Stress."
„Dann befindet sich Christinchen in einem argen Stress!"
„Mein Gott!", rief meine Frau. „Du meinst, dass sie …?"
„Ja, das meine ich!"
„Brigitte hat mir für einen solchen Fall nichts dagelassen. Was soll ich denn machen?"
„Dir wird schon etwas einfallen!"

Tatsächlich kamen meine Frau und Christine bald darauf strahlend zu mir.
„Ich habe ihr etwas Frisches angezogen. Wahnsinnig praktisch. In eine Nylontasche vom Kaufmann habe ich zwei Löcher geschnitten und ihre Beine einfach da durch gesteckt! Tropfsicher!"
„Ein blendende Idee", sagte ich, „lass sie dir patentieren!"

Als Brigitte am Abend ihr Goldkind abholte, meinte sie:
„Die Süße …"

Die Süße

R·Gg.'99

„Christine", sagten meine Frau und ich wie aus einem Munde.
„Ja, Christinchen hat sich, wie ich sehe, bei euch sehr wohl gefühlt. Aber ich muss sie euch leider wieder entreißen!"
„Ach wie schade", antwortete ich, „gerade zeigte sie ein überaus großes Interesse an meiner Arbeit."
„Ja, wirklich?", strahlte die Mutter, „ich glaube, sie ist ein wenig frühreif."

Ich grenzte ein: „Bis auf den Stress!"

Die Tombola

Es ist allseits bekannt, dass man unter einer Tombola ein dem Zahlenlotto ähnliches Glücksspiel versteht, aber auch eine Verlosung von Geschenkartikeln bei Festlichkeiten.

Eine „ Wohltätigkeits-Tombola" dient, Sie werden es erraten haben, wohltätigen Zwecken. Manch einer der wohltätig sein will, möchte aber auch etwas davon haben. Nach Möglichkeit mehr, als er zu geben bereit war.

Auf der anderen Seite stehen die mehr oder weniger großzügigen Spender. Diese unterscheiden sich in jene, denen es egal ist, ob ihre Spenden Anerkennung finden oder nicht und solche, die in ihren Spenden eine Pflege ihres Images sehen.

Ich weiß, dass ich mit diesen Feststellungen gewaltig in ein Fettnäpfchen treten und die gute Sache schädigen würde, hätte ich nicht eine Gegendarstellung bereit. Denn ...!

Es gibt Spender, die nichts anderes im Sinne haben, als dem guten Zweck zu dienen, ebenso Loskäufer, die gleichen Sinnes sind. Das hat besonders meine Frau kennen gelernt, die gelegentlich auf die Idee kommt, solche Veranstaltungen zu organisieren. In diesem Falle gibt es für einen Satiriker nichts zu berichten, ausgenommen, dass einmal ein „Mischfehler" geschah und ein unverheirateter Loskäufer mit elf Losen elf gleiche Bücher mit dem Titel „Die Frau in den Wechseljahren" gewann.

Meine Frau und ich bekamen bei einer Wohltätigkeitsversteigerung, die in einem großen Londoner Auktionshaus stattfand, einen Kunstgegenstand um zehn Prozent des wahren Wertes. Gut, wir wollten Mutter Theresa mit unserer Güte nicht übertrumpfen, aber wohltätig wollten wir sein. Jetzt schlichen wir uns als Nutznießer dieser Veranstaltung peinlich berührt aus dem Auktionshaus.

Ganz anders war das folgende Erlebnis bei unserem Besuch einer Wohltätigkeitsveranstaltung des Vereins ... ich verschweige ihn lieber.

Die Preise, die zu gewinnen waren, konnte man zuvor besichtigen. Gut, man will „wohltätig" sein und war weit von dem Gedanken entfernt Nutzen aus dieser Veranstaltung zu ziehen. Doch bei diesen Preisen wäre nur der Direktor eines Kitschmuseums in Verzückung geraten.

Der einzige Gegenstand, der als nicht kitschig bezeichnet werden konnte, war ein Nachttopf. Der Gewinner wies ihn dennoch empört zurück, nicht ahnend, dass dies der einzige wertvolle Gewinn war. Ein Nachtgeschirr aus der Zeit Ludwig XIV! Eine Rarität! Womöglich hatte ihn der König selbst mit seiner Sitzfläche beehrt.

Man sah es vielen der Spenden an, dass die Besitzer froh waren, sie auf diese Art wieder los zu werden. Ein Müllablageplatz wäre rot vor Scham geworden.

Es bringt mich ein wenig in Verlegenheit zu erwähnen, dass unsere Sachspende noch zu den Besten zählte: ein Faltkoffer aus Leder und festem Leinen, äußerst chic, ein großzügiges Werbegeschenk eines unserer Lieferanten, war jetzt Glanzstück unter den Preisen. Wir waren froh ihn loszuwerden, denn für unsere Flüge können wir nur steife Koffer verwenden. Doch er war zu schön, um weggeworfen zu werden. So lag er denn seit Jahren irgendwo herum und störte mächtig.

Ich hatte jedoch Bedenken.

„Heutzutage fliegen alle Leute", sagte ich zu meiner Frau, „möglicherweise geht es dem Gewinner ebenso wie uns." „Derartige Geschenke sind nicht zum persönlichen Gebrauch gedacht", erklärte sie mir, „sondern zum Weiterschenken."

Meine Hoffnung war, nichts zu gewinnen. In allzu schlechter Erinnerung war mir unsere letzte derartige Errungenschaft – ein Bierkrug mit einem Gedicht, das weder von Schiller noch von Goethe stammte. Es lautet:

„Primelbach, du stolzer Ort
Des Rindviehs und der Schweine!
Nimmer geh' von hier ich fort,
Mein Herz ist auch das Deine!"

Bis heute weiß ich nicht, ob das Herz dem Rindvieh oder dem Ort gehören soll oder ob mit den Schweinen die Einwohner gemeint sind.

„Wie wäre es, wenn ich den Krug zur Tombola mitnehme, ihn vor mich hin auf den Tisch stelle und behaupte, ihn gerade gewonnen zu haben. Vielleicht kann ich mit einem anderen Gewinner tauschen."

Meine Frau hielt dies nicht für eine gute Idee. Sie fürchtete, dass unser Ruf darunter leiden würde.
Aber gelegentlich bin ich hartnäckig.

Ich stellte meinen Rindviecher- und Schweinekrug auf den Tisch. Es dauerte nicht lange und ein Herr blieb hinter mir stehen.

„Gestatten Sie, dass ich mir den Krug einmal näher anschaue?"
„Selbstverständlich", sagte ich, „beachten Sie den tiefsinnigen Spruch!"
Er nahm den Krug in seine Hand, drehte ihn um und betrachtete die auf dem Boden des Kruges angebrachte Marke, dann sagte er:
„Sie haben Glück gehabt."
Und dann erklärte er mir, dass der Krug einer bestimmten Zeit und einer bestimmten Gegend zuzuschreiben sei. Scherzkrüge dieser Manufaktur würden von Sammlern gesucht.

„Sie können ihn haben", sagte ich erfreut.
„Das kann ich nicht annehmen. Gut, dann werde ich mich mit meinem Gewinn revanchieren." Er zog aus seiner Tasche die Nachbildung einer Kuh, die er soeben gewonnen hatte.

„Ich drücke jetzt auf den Bauch der Kuh", sagte er mit einer Stimme, die Überraschung versprach.
Aus dem Maul des Rindviechs quoll Senf!

Die Tombola R·GG.'99

Als er gegangen war, empörte sich meine Frau:
„Diese Scheußlichkeit ist doch noch grauenvoller, als der grässliche Krug."
„Sei froh", sagte ich, „dass der Senf aus dem Maul kommt ..."

Unsere Tischnachbarin hatte ein Hinterglasbild gewonnen. Es stellte so etwas Ähnliches wie Andreas Hofer dar. Wohl ein Andenken aus Tirol, das der Spender auf diese Art wieder los geworden war.

Der Andi Hofer grinste über das ganze Gesicht. Unter dem Bild konnte man lesen: „Unser Andi vor Mantua." Wobei das Wörtchen **vor** fett gedruckt war. Die Dame fragte mich, wie das wohl gemeint sei.

„In Mantua wurde er erschossen", erklärte ich, „n a c h Mantua hat er dann nicht mehr gelacht."
Sie sah mich erschrocken an.
„War er tot?"
„Ja", bestätigte ich, „alle Erschossenen sind das."
„Sehr sinnig", sagte sie.

Auf dem Wege zum Büfett, wo ich vor hatte mir Würstchen zu nehmen, um meine Senfkuh auszuprobieren, machte mich meine Frau auf einen Krug aufmerksam, der auf einem der Tische stand und von einem Paar soeben liebevoll betrachtet wurde. Es war unser Krug!

„Ein wunderschöner Krug", sagte ich zu den neuen Inhabern meines ehemaligen Kruges und fügte scheinheilig hinzu, „haben Sie ihn gewonnen?"
„Nein, wir haben ihn gegen einen silbernen Schöpflöffel getauscht."
„Echtes Silber?"

„Ja, er war punziert. Auch ein hübscher Spruch war eingraviert.

‚Schöpfe du dir, süße Maus,
Aus allem stets das Beste raus!'

Aber wir haben einen guten Tausch gemacht. Der Herr versicherte uns, dass dieser Krug sehr selten ist. Minna, lies dem Herrn einmal den Spruch vor."

Und Minna las mit hoher Stimme:

„Primelbach, du stolzer Ort
Des Rindviehs und der Schweine!
Nimmer geh' ich von hier fort,
Mein Herz ist auch das Deine!"

„Süß, nicht wahr?", fügte sie hinzu.

„Siehst du", sagte meine Frau und es klang ein wenig vorwurfsvoll, „auch tauschen muss man können."

Unter den Losen, die wir erstanden hatten, befanden sich außer einem Gewinnlos nur Nieten. „Sicher haben wir heute etwas Nettes gewonnen", war meine Frau überzeugt und ging, um den Gewinn abzuholen.
„Gott behüte!", rief ich ihr nach.

Sie kam mit einem großen Paket zurück, packte es voll Erwartung aus und – erstarrte.

Es war kein Kitsch, sondern etwas durchaus Brauchbares, wenn auch nicht für jeden.

Es war –
ein Faltkoffer aus Leder und festem Leinen – unsere Tombolaspende!

Eigentlich

Durch das abstrakte Denken vermag der Mensch seine Umwelt zu gestalten. Das Denken ist wiederum an die Sprache geknüpft. So hat der Mensch Worte gebildet, die unter anderem im Umgang mit seinen Mitmenschen Gefühle auszudrücken vermögen. Im Laufe der Zeit werden sie oft nicht mehr in ihrem vollem Umfang begriffen, sie charakterisieren aber die Aussage im alten Sinne. Ein einziges Wort kann sogar charakteristisch für das Wesen eines Volkes sein.

Ich will Ihnen dies durch das Wort „eigentlich" beweisen, durch das sich die Österreicher von den Deutschen unterscheiden.

1. Die deutsche Version

Die deutsche Version ist sehr kurz, denn sich kurz zu halten ist ein Teil des Charakterzuges des Deutschen.

Ein Ehepaar betritt ein Rathaus, irgendwo in Deutschland, und fragt einen offensichtlich dort Beschäftigen nach der Baubehörde.
„Dort drüben", erhält es zur Anwort.

„Wo?"
„Dort ist irgendwo eine Anschlagtafel."
Das Ehepaar wird erst nach längerem Suchen fündig, weil sich die Tafel in einem der Nebengänge befindet.

Schließlich steht das Paar vor dem Schreibtisch des zuständigen Mannes. Man darf Platz nehmen. Der Beamte lässt sich den Bescheid zeigen.
„Sie werden durch diesen Bescheid benachrichtigt, dass der Bau nicht genehmigt wurde."
„Das wissen wir. Wir hätten aber gerne über Möglichkeiten gesprochen ..."
Der Beamte unterbricht: „Vorschrift ist Vorschrift. Da gibt es keine Möglichkeiten. Es tut mit leid."
„Aber wir haben doch das Grundstück gekauft, weil es Bauland ist."
Der Beamte schaut sich nochmals den Bescheid an.
„Bauland ist es", bestätigt er, „aber dieses Haus dürfen sie darauf nicht bauen."
„Ja welches denn?"
„Ein kleineres. Sie müssen neue Pläne einreichen. Aber das ist nicht meine Sache. Ich sagte es schon. Tut mir leid", womit er sich dem nächsten Klienten zuwendet.

2. Die österreichische Version

Diese Version ist länger, denn sie spielt in Österreich.

Ein Ehepaar betritt das Rathaus und fragt einen offensichtlich im Hause Beschäftigten nach der Baubehörde. Dieser sieht sich um und meint: „Irgendwo muss sich doch eine Hinweistafel befinden."
In dem Moment kommt ein Beamter mit einem Ordner unter dem Arm vorbei.

„Sie suchen etwas?"
„Die Herrschaften wollen zum Bauamt", antwortet der Beschäftigte.
„Erster Stock rechts, dann den Gang entlang und bei der zweiten Türe links ist der Lift, mit dem fahren sie in den dritten Stock. Wenn Sie aus dem Lift herauskommen links und … , aber kommen's mit. Ich zeig's Ihnen. Haben's Ärger mit der Baubehörde?"
„Ja, ziemlich. Sie haben den Bau abgelehnt."
„Was Sie sagen. Das ist schlecht. Aber **eigentlich** auch wieder nicht so schlecht. Da haben's immer noch die Möglichkeit mit der Behörde zu verhandeln. Einen Grund müssen's halt dafür finden, warum das Haus so sein muss und nicht anders."
„Danke für den Rat!"
„Nichts für ungut und viel Erfolg!"
Nachdem das Paar von dem netten Behördenangehörigen in das falsche Zimmer geleitet wird, finden sie nach zwei weiteren Irrläufen das zuständige Büro.
„**Eigentlich** bearbeitet das mein Kollege", sagt der Beamte, „aber geben's her. Schaun' ma einmal. Aha, eine Ablehnung. Und was wünschen's?"
„Bauen möchten wir."
„Das können's ja. Aber nicht das vorliegende Haus. **Eigentlich** zu groß."
„Meine Tochter hat geheiratet", sagt die Ehefrau, in Erinnerung des Rates des Ordnerträgers, „die jungen Leute wohnen bei uns. Das Enkerl ist auch schon unterwegs!"
„Ja, da gratulier' ich!", sagt der Beamte und fährt fort. „Schaun's, **eigentlich** ist bei so einem abschlägigen Bescheid nicht viel zu machen. Das Grundstück ist halt zu klein für das geplante Haus. Sie könnten es **eigentlich** verkaufen und sich ein größeres anschaffen."
„Das ist aber sehr umständlich. Außerdem kostet ein größeres Grundstück **eigentlich** mehr Geld."

„Da haben Sie recht. Wissen's was, ich werd' mit dem Herrn Hofrat sprechen. Da müßte **eigentlich** was zu machen sein. Sie kriegen dann einen neuen Bescheid."

Das Ehepaar geht hochbefriedigt nach Hause, in der sicheren Annahme, dass sie **eigentlich** einen guten Fürsprecher im Amt gefunden haben.

Dann kommt der neue Bescheid:
„Wir freuen uns Ihnen mitteilen zu können, dass der Bau genehmigt wurde."
„Gott sei gedankt!", ruft die Ehefrau.
„Da steht noch etwas", sagt der Ehemann:
„Da das Grundstück, eingetragen unter der Katasternummer 243830, für die gewünschte Größe des Baues zu klein ist, hat der Bauherr dafür Sorge zu tragen, dass das genehmigte Gebäude auf einem größerem Grundstück errichtet wird."
„**Eigentlich**", sagt die Ehefrau, „wäre das die wirklich einzige Lösung. Die Genehmigung hätten wir ja jetzt."

Wenn mir persönlich eine Bemerkung gestattet ist:

EIGENTLICH WURDE IN BEIDEN FÄLLEN DER BAU VERBOTEN.

Es irrt der Mensch so lang er lebt!

Da ich ein durchaus unbescheidener Mensch bin und nur dann Bescheidenheit übe, wenn sie ein Zeichen meiner guten Erziehung sein soll, fällt mir dennoch diese höhere Einsicht gelegentlich schwer.

Wer eingeladen wird, hat sich das Gehabe eines Untertanen anzueignen. Der preußische Innenminister von Rochow sagte 1838 unter anderem:
„Es ziemt dem Untertanen nicht, die Handlungen des Staatsoberhauptes an dem Maßstab seiner beschränkten Einsicht anzulegen."

Besonders schwierig wird es, jene Einsicht auf Grund der guten Erziehung zu beweisen, wo sich Mensch und Tier äußerst ähnlich sind, nämlich auf dem Gebiet des Essens.

Man neigt gelegentlich dazu, Freunde in ein Restaurant einzuladen, entweder um sich als Gastgeber Arbeit zu ersparen oder aber jenen, die man schätzt, eine neue Gaststätte und deren Köstlichkeiten vorzuführen.

Aus welchen Gesichtspunkten dies auch geschehen mag: Die Eingeladenen befinden sich stets in der

Zwickmühle, die durch die gute Erziehung hervorgerufen wird. Gleichgültig in welchen finanziellen Verhältnissen sich der Gastgeber befindet, der Gast kann sich nicht einfach jenes Gericht auswählen, zu dem er sich auf Grund der Angebote und des persönlichen Geschmackes hingezogen fühlt. Und der Grund? Weil diese oft die teuersten Gerichte auf der Karte sind. Der Wirt weiß, wie er seine Speisekarte zu gestalten hat. Wem das Wasser im Munde zusammen läuft, dem rutscht der Verstand in den Magen.

Für einen großzügigen Gastgeber sind Speisekarten ohne Angabe der Preise, wie man sie in meist sehr teuren Restaurants zu Verfügung stellt, ideal. Für andere Gastgeber wiederum sind sie eine Katastrophe.

Ein sympathisches Ehepaar, ich will es Schmidt nennen, machte uns den Vorschlag, mit ihnen gemeinsam ein Restaurant zu besuchen, von dem sie behaupteten, es biete Vorzügliches. Wie es sich herausstellte, war das Lob nicht übertrieben.

An diesem Abend fand sich noch ein weiteres Ehepaar ein, Herr und Frau Maier, wie ich sie nennen möchte.

Der Geschäftsführer begrüßte das Ehepaar Schmidt herzlich. Offenbar waren diese Stammgäste. Der Ober beeilte sich jedem von uns die Speisekarte zu reichen.

„Ich freue mich“, sagte Herr Schmidt, „Ihnen diesen Geheimtip der hiesigen Gastronomie zeigen zu können. Sie werden sehen, ich habe Ihnen nicht zu viel versprochen.“

Maiers sahen sich bedeutungsvoll an.

„Man führt hier neben sehr exzellenten Weinen auch großartige Aperitifs“, fuhr Herr Schmidt fort und der Ober lächelte geschmeichelt.

Da meine Frau und ich uns nie Aperitifs bestellen, so natürlich auch nicht als Gäste. Frau Schmidt orderte einen „Caribian Royal“ und ihr Mann einen „Roten Korsar“.

Herr und Frau Maier bestellten je einen „Grand Champagner“ und der Kellner bestätigte, dass gerade dieser „ganz vorzüglich“ sei. Wohl weil er besonders teuer war, fühlte er sich bemüßigt zu erklären: „Grand Manier, Orangensaft, ein Spritzer Zitronensaft und natürlich Champagner vom Feinsten“, und schnalzte dabei mit der Zunge.

Maiers strahlten in Erwartung weiterer Köstlichkeiten.

Meine Frau bestellte eine Karaffe Leitungswasser, von dem es reichlich gab. Da ich fürchtete, weniger einen bescheidenen als eher ärmlichen Eindruck zu erwecken, ließ ich mir ein Fläschchen Mineralwasser bringen. Dazu servierte man mir zwei Zitronenscheiben.

Der Kellner fragte: „Wünschen die Herrschaften eine Vorspeise?“
„Oh ja“, erklärte Herr Maier und seine Frau wie aus einem Munde, die Gunst der Stunde beziehungsweise der Einladung zu nutzen.

Auch diesmal lehnten meine Frau und ich ab, da wir für gewöhnlich keine Vorspeise nehmen. Ein Gast soll nicht mehr in sich hineinschaufeln, als er es sonst gewohnt ist.

Doch diesmal hätte ich gerne zugegriffen, denn am Nachbartisch sah ich Köstliches. Aber ich war Gast!

„Was soll ich Ihnen empfehlen?“, seufzte Herr Schmidt. „Alles ist vorzüglich!“

Herr Maiers Blicke glitten über die Speisekarte und ich war überzeugt, dass sie nicht die Beschreibungen der Speisen, sondern nur deren Preise lasen. Herr Maier bestellte daraufhin „Tournedos Rossini“.

Der Kellner erklärte: „Rinderfiletspitzen vom argentinischen Rind, wird von uns eigens eingeflogen, Speckscheiben mit schwarzem Pfeffer, Gänseleberparfait und – frische Gänseleber. Und als Clou über alles Madeirawein!“

Das klang verführerisch, unter anderen Umständen wäre es sicherlich das Richtige für mich gewesen, obwohl meine Frau und ich fast Vegetarier sind, was Herrn Schmidt bekannt war.

Frau Maier bestellte „Filetschnitte Lola Montez“, das Ehepaar Schmidt gab sich bescheidener. Meine Frau nahm ein „Gefülltes Gemüsepaket“. Um uns nicht als Langeweiler, als solche gelten manchmal Vegetarier, zu präsentieren, bestellte ich einen „Altwiener Zwiebelrostbraten“.

Herr Schmidt empfahl mir: „Dazu müssen Sie unbedingt den köstlichsten Bordeaux trinken, der hier angeboten wird!“

Maiers spitzten sichtlich die Ohren.

„Der ‚Pavillon Rouge du Chateau Margaux – Margeaux A.C.‘, ist ein Bordeaux von hellem Rubinrot“, dozierte er weiter, „mit einem köstlichen Fruchtbukett des Jahrganges 1994, feingliedrig am Gaumen, leicht und tänzerisch. Glasweise oder in halben Flaschen können Sie ihn natürlich nicht bekommen. Aber zu zweit können Sie eine ganze Flasche im Laufe des Abends leicht leeren. Er ist sein Geld jeden Tropfen wert."

Maiers fühlten sich sichtlich von einer Wolke der Seligkeit getragen. Sie bestellten eine Flasche dieser Köstlichkeit.

„Ich selbst liebe eher einen guten, aber bescheidenen Burgunder", erklärte Herr Schmidt, „und meine Frau trinkt keinen Alkohol."
„Meine Frau ebensowenig!", sagte ich. „Ein Grund mehr sie zu lieben, denn sie fährt mich nach Hause, und ich kann trinken, so viel ich will!"

„Nehmen Sie doch auch eine Flasche!", empfahl Herr Schmidt.
„Das kommt nicht in Fragen", widersprach meine Frau. „Mein Mann kann unmöglich eine Flasche alleine austrinken." Und zum Kellner gewandt: „Mein Mann nimmt ein Vierterl ‚Zweigelt' aus dem Burgenland."

Wenn ich alleine ausgegangen wäre, hätte ich diesen „Chateau Margeaux" bestellt, auch wenn ich die halbe Flasche stehen gelassen hätte. Das heißt, wenn meine Frau dabei gewesen wäre, hätte ich vielleicht doch nur eine halbe Flasche des günstigeren „Chateau Payre-Lebade" genommen, immerhin noch von der Domaines Rothschild. Als Nachtisch wurde allseits ein „Smyrna Feigendessert" bestellt.

Während des Essens wurden zur politischen Weltlage hervorragende Vorschläge gemacht, ebenso zur Lösung des einen oder anderen Problems. Man stellte unter anderem fest, dass die Wirtschaftslage nicht schlechter, sondern besser werden müsse.

Diese überaus interessante Feststellung wurde durch die Ankunft des Ober unterbrochen, der Kaffee, Kognak und Armagnac anbot. Auch hatte er eine Kiste voll Zigarren mitgebracht, in der diese durch eine Temperaturregelung frisch gehalten wurden.

Bis auf Herrn Maier und mir, entschied man sich für den Kaffee. Ich bestellte ein Glas meines geliebten Portweines. Gerne hätte ich einen zwanzig Jahre alten „Rich Tawny Port“ gewählt, doch ich entschloss mich als Gast für den billigeren, doch immerhin sehr guten Taylor mit einer sechs Jahre alten Fasslagerung.

Der geschulte Ober wandte sich hoffnungsvoll an Herrn Maier und empfahl ihm einen Armagnac aus dem Jahre 1947 mit dem Namen „Casterede“ aus Mauléon d'Armagnac,

„Das Beste, was wir im Hause haben“, sagte der Ober, indem er seinen Blick zur Zimmerdecke richtete.
„Ja“, bestätigte Herr Schmidt, „den sollten Sie Tropfen für Tropfen genießen. Er ist nicht billig. Eine Flasche kostet, wie ich sehe, 250 EURO. Aber ein Glas ist erschwinglich. Dazu müssen Sie eine Davidoff rauchen.“

„Ja, gerne“, strahlte Herr Maier.
„Aber du rauchst doch nicht“, warf Frau Maier ein.
„Aber probieren könnt' ich's!“
„Nehmen Sie eine ‚Special Selection‘, die ist leicht.“
Herr Maier hob eine Zigarre aus dem Kasten und ließ sich den Armagnac reichen.

Meiner Frau und mir war das höchst peinlich. Am liebsten hätte ich jetzt auf mein Glas Portwein verzichtet.

Es wurde Zeit an den Aufbruch zu denken. Herr Schmidt hatte die Rechnung nicht – wie erwartet – diskret beglichen, sondern rief den Ober herbei.

„Wir möchten zahlen!"

„Zusammen oder getrennt?", fragte der Ober.

Herr Schmidt sah ihn erstaunt an – dann sagte er, was Maiers offensichtlich fassungslos machte:

„NATÜRLICH GETRENNT!"

Es ist nicht leicht ein Gast zu sein

In früheren Zeiten war die Gastfreundschaft ein heiliger Brauch. Bei einigen Völkern wurde sogar dem Feind befristete Gastfreundschaft gewährt.
Das geschieht heute noch! Nur weiß es der Gastgeber nicht.
Dennoch, Gäste zu haben ist etwas sehr Menschliches, weil wir uns als Herdentiere nur zusammen mit anderen Menschen wohl fühlen. Die Konventionen, die dabei beachtet werden müssen, sind von Volk zu Volk, von Land zu Land verschieden. Als Gast kann man durchaus in Schwierigkeiten geraten, auch dann, wenn man die landesüblichen Bräuche kennt.
Im alten Griechenland spielten symbolische Handlungen eine große Rolle. Man tauschte Gastgeschenke aus. Diese Sitte hat sich bis heute erhalten. Der Gast bringt ein Geschenk mit und wird dafür vom Gastgeber verköstigt.

Das Zusammentreffen der Menschen ist jedoch kompliziert.

Die Schwierigkeiten beginnen bereits mit der Kleidung. Auch ein zwangloser Besuch sollte dem Erziehungsgrad und den Gewohnheiten des Gastgebers angepasst sein. Übertreibungen sind unangebracht. Ein Frack samt allfälliger Ordenspracht ist zu einem einfachen Abendessen überzogen, zu einem Nachmittagskaffee erst recht.

Sich schlicht zu kleiden kann zu Missverständnissen führen. Bei einem Gartenfest nahm ich einer Dame den gefüllten Kuchenteller aus der Hand, weil ich sie, der Kleidung wegen, zum Personal zählte. Es war mir peinlich zu sehen, wie sie sich erneut beim Buffet anstellen musste. Die Kleidung symbolisch dem Gastgeber anzupassen ist ebenso falsch. Bei einem Bergsteiger, und sei er noch so berühmt, mit Seil und Pickel zu erscheinen, würde eher als Verhöhnung aufgefasst.

Bei Geschenken übe man größte Vorsicht. Meine Frau erhielt von einem Ehepaar eine Bonbonniere, die wir ihnen vor längerer Zeit selbst mitgebracht hatten. Sie erkannte sie nicht nur an der Firmenmarke, sondern auch an der Art, wie sie Schleifen kunstvoll zu binden versteht.

Gut, wir hatten diese Bonbonniere selbst irgendwann einmal als Geschenk erhalten. Aber von meiner Frau wurde sie wenigstens neu und wunderschön verpackt. Sie jetzt nochmals weiterzugeben, wagten wir nicht.
Und so öffneten wir die Schachtel. Sie ahnen es? Das Konfekt war total zusammengeschrumpft. Es sah aus wie getrocknete Pflaumen. Ich bin sicher, dass wir es damals schon alt erhielten. Man soll nicht glauben, zu was die Menschen fähig sind. Skrupellos!

Ich rate Ihnen daher, bevor Sie Essbares weiterschenken, die Ware zunächst zu besichtigen. Etwa, indem Sie ein kleines Loch bohren, um dann mit einem Haken, in diesem Falle ein Stück Schokolade anzustechen, so wie dies Chirurgen bei der Entnahme einer Organprobe mit einer Sonde tun.

Es ist nicht leicht ein Gast zu sein R.Gb.'99

Ein beliebtes Gastgeschenk sind Bücher. Aber Vorsicht: einer Dame zum Geburtstag das Buch mit dem Titel: „Alt werden – leicht gemacht“ zu schenken, kann Ärger bereiten. Auch kommt bei dem Gastgeber ebenfalls keine rechte Freude auf, dem Sie ein Buch, etwa mit dem Titel „Der Mann im Kleinformat“, schenken. Mag es noch so lustig sein.

Handelt es sich bei einer Einladung um eine größere Veranstaltung, ist mit einer entsprechenden Besucherzahl zu rechnen. Man bringe in diesem Fall keine Blumen mit, denn über hundert oder gar mehr Vasen verfügen die wenigstens Haushalte. Auch die Biomülltonne kann möglicherweise so viele Gewächse nicht aufnehmen.

Bei einer großen Zahl Gäste können sich die Gastgeber nicht merken, was die einzelnen Besucher mitgebracht haben. Dezent eine Visitkarte beizufügen ist angebracht. Jedoch ein größeres Schild mit der Aufschrift, „Dieser teure Wein stammt von uns, der Familie Rüsselheim“, wirkt aufdringlich.
Wer die Gastgeberin nicht kennt und daher irrtümlich dem Hausmädchen zur Begrüßung die Hand küsst, sollte sich ihr, bei aller sozialen Einstellung, nicht weiter widmen und sei sie noch so hübsch.

Der Händedruck ist ein besonderes Kapitel.
Wer seine Hand sehr locker in die eines anderen legt, kann womöglich einen Aufschrei des Nehmenden erleben, weil dieser glaubt die Hand einer Leiche erfasst zu haben.
Andererseits kommt es vor, dass sich Männer einbilden besonders männlich zu wirken, wenn sie wie ein Schraubstock zupacken. Schmerzensschreie sind nicht selten, weil er dem so Begrüßten seinen Ring ins Fleisch gepresst hat. Frauen gehen gelegentlich dabei in die Knie.

Kennt man nur den Gastgeber, begegne man den Damen mit äußerster Vorsicht, es könnte die Ehefrau sein. Auch wenn Sie glauben sicher zu sein die Hausfrau entdeckt zu haben, fragen Sie ihn lieber vorher geschickt:
„Ich nehme an, dass diese charmante Dame Ihr Frau ist."
Wenn er verneint, sondern auf eine andere, weniger attraktive Dame deutet, würde es nicht gut aufgenommen werden, wenn Sie scherzen:
„Macht nichts. Man kann nicht alles haben!"

Falls Sie zu einem Geburtstag eingeladen wurden, machen Sie niemals das gut gemeinte Kompliment:
„Sie sind für Ihr Alter noch erstaunlich rüstig."
Auch wenn es sich um eine Person handelt, die sich kaum mehr auf den Beinen halten kann, wird man Ihnen diese Bemerkung übel nehmen.

Mich hatte eine etwa vierzig Jahre alte Dame als „rüstig" bezeichnet.
„Danke", habe ich gesagt, „ich kann Ihnen dieses Kompliment zurückgeben." Sie hat mich den ganzen Abend nicht mehr angeschaut.

Bei Gastgebern, die man erst kurze Zeit kennt, sind einem die übrigen Gäste meist völlig unbekannt. Die Isolation bleibt solange aufrecht, bis Sie von jemandem mit irgend jemandem verwechselt werden. Ich rate trotz bestehendem Gefühl großer Einsamkeit diese Verwechslung aufzuklären. Ich versäumte dies in einer solchen Situation.

Mein Verwechsler stellte mich leider einem anderen Herrn mit meinem falschen Namen vor und dieser zeigte sich schockiert:
„Sie leben?", fragte er. „Ich kannte Sie zwar nicht, aber ..."
„Wie Sie sehen", unterbrach ich ihn..

„Aber Ihre Frau hat uns doch ihre Todesanzeige geschickt."
„Vielleicht weil ich so schlecht aussah. Sie ist immer etwas voreilig."

Sollten Sie einen Herrn irrtümlich mit „Herr Präsident" angesprochen haben und dieser dies richtigstellt, würde es unfreundlich aufgenommen werden, wenn Sie tröstend sagen würden:
„Macht nichts. Nicht jedermann kann erfolgreich sein."

Humor ist zwar beliebt, doch nicht jeder Witz kommt gut an. Eine Dame erzählte meiner Frau, dass sie im Winter Rouge auf die Wangen auftrage, um einen gesünderen Eindruck zu machen. Da ich bemerkte, dass sie auf der rechten Seite mehr Wangenrot aufgetragen hatte als auf der linken Seite, sagte ich: „Rechts sind Sie gesünder!"
Diese Bemerkung hätte ich unterlassen sollen.

Bei einem „gesetzten Essen" kann man in Schwierigkeiten geraten, wenn man diese oder jene Speise um nichts in der Welt zu Hause runterschlucken würden. Es ist daher nicht ratsam den Gästen Speisen vorzusetzen, die bekanntermaßen manche Leute nicht mögen. Ich mag zum Beispiel, wie viele, keinen Fisch. Dass ich kein Huhn mag, kann man allerdings nicht wissen.

Mir wurde einmal ein solches mit glitschiger Haut vorgesetzt, die auf dem toten Leib hin und her rutschte. Ich aß es in aller Eile, um die Qual und das Huhn bald hinter mich zu bringen. Die aufmerksame Hausfrau zeigte sich besonders liebenswürdig.
„Ich freue mich, dass es Ihnen so gut schmeckt!" Im Nu servierte sie mir einen Schenkel, von dem die Haut wie ein Unterhöschen sogleich herunterrutschte.

Bei Partys gibt es stets zu wenig Sitzgelegenheiten, daher der Name „Stehparty". Worunter man ein zwangloses geselliges Stehen versteht. Es werden in der Regel wesentlich mehr Gäste eingeladen als Stühle vorhanden sind. Ältere Leute beschlagnahmen gleich zu Anfang die wenigen vorhandenen Sitzplätze und bleiben den ganzen Abend darauf sitzen.

Die jüngeren Gäste halten spätestens nach zwei Stunden ebenfalls Ausschau nach was „Sitzigem". Wenn dieses nicht vorhanden, endet die Stehparty spätestens jetzt als „Gehparty".

Und da nur in den seltensten Fällen die Gastgeber auch ein Frühstück vorgesehen haben, ist es für den höflichen Gast ratsam, noch **vor** dem Morgengrauen das gastliche Haus zu verlassen.

Gefährliche Gäste

„Kuckula! Wir sind geladen!“
Rief Herr Kuckuck seiner Frau.
„Ei, wie schön! Dann geh ich baden.“
Und sie plantscht im Morgentau.

„Zum Kuckuck“, rief besorgt er aus,
„Was schenken wir, was soll'n wir tun?
Ein Geier brächte eine Maus.“
Da lächet Kuckula, „Ja nun!

Ein wenig Zeit, ich schaff's herbei:
Ich lege schnell ein Kuckucksei!“

Franz ist ja recht lieb

Nicht wenige Ehefrauen äußern sich kritisch über ihre Männer, während Ehemänner so gut wie nie schlecht über ihre Frauen sprechen.
Mag sein, dass Männer schüchterner sind, wenn es sich um intime Dinge handelt. Es könnte auch sein, dass sie ihre Frauen, die sie erwählt und mehr oder weniger mühsam erworben haben, als ihren Besitz ansehen. Besitz setzt Leistung voraus. Was für eine Leistung wäre es, wenn er sich – trotz reiflicher Prüfung – eine Niete angeschafft hätte.

Zugegeben: Je älter der Ehestand, um so kritischer wird die Beurteilung des Partners. Kritisch weniger im Sinne von prüfend, als eher von richtend.

Eine Freundin meiner Frau, namens Gerda, gehört zur Sorte der Ehemannkritikerinnen. Das hört sich so an:

„Der Franz ist ja recht lieb, das heißt er kann recht lieb sein. Meistens aber hat er keine Zeit für mich. Jaaaa, für seinen Club, da hat er immer Zeit. Andererseits bin ich froh, wenn er nicht zu Hause ist. Langweilt er sich, kann er sehr ungenießbar sein."

Meine Frau gibt zu bedenken: „Durch deinen Beruf hast auch du nicht allzuviel Zeit für dein Privatleben."
„Ja, gottlob habe ich einen Beruf, der es mir ermöglicht, ihn nicht um jeden Groschen anzubetteln."
„Ist er so geizig?"
„Wie kommst du denn auf so etwas?"
„Es klang so."
„Na ja, allzu großzügig ist er nicht. Meine Kleider muss ich mir selbst kaufen. Ich verdiene mir, weiß Gott, mein Geld nicht leicht."
„Franz, so nehme ich an, wird sich auch seine Anzüge selbst kaufen."
„Natürlich, er verdient ja genug. Auch das Benzin für mein Auto muss ich bezahlen. Er hat mir den Sportwagen zwar geschenkt, aber weißt du wie teuer das Tanken ist?"
„Du hast mir doch erzählt, dass er die gesamten Kosten, einschließlich der Putzfrau, für den Haushalt übernimmt."
„Das schon, aber soll ich selber putzen? Todmüde bin ich, wenn ich nach Hause komme. Schließlich arbeite ich den ganzen Tag."
„Franz doch auch!", meinte meine Frau.
„Dafür sitzt er dann jeden Abend vor dem Fernsehapparat."
„Und du?"
„Ich auch."
„Das ist doch schon etwas", meinte meine Frau.
„Ja, aber er interessiert sich nur für Sport oder Talk Shows. Ich sehe mir lieber Serien oder Krimis an."
„Das ist ein Problem, das alle Familien haben", tröstete meine Frau.
„Mag schon sein, aber er ist völlig rücksichtslos. Franz ist imstande, sich eine Sportübertragung bei seinem Freund anzusehen."

„Soll das heißen, dass er sich die von ihm gewünschten Sendungen nicht zu Hause ansehen darf?"
„Du bist gut! Wir haben doch keine zwei Fernsehapparate!"
„Wie wäre es", versuchte meine Frau zu raten, „wenn ihr einmal den Fernseher abschalten würdet, um euch ganz einfach nur zu unterhalten?"

Gerda sah meine Frau überrascht an:
„Über was?"
„Vielleicht über das, was ihr am Tage so erlebt habt."
„Er interessiert sich nicht für meinen Beruf."
„Dann lass dir etwas über den Seinen erzählen. Das wäre wenigstens der Anfang eines Gespräches."
„Also, ich bitte dich, wenigstens am Abend möchte ich meine Ruhe haben und mich nicht noch über berufliche Dinge unterhalten. Mein Gott – wenn ich an die Kocherei denke. Auch wenn ich nur schnell irgend eine Kleinigkeit herrichte, glaubst du, er würde mich loben?"

„Nach deiner Schilderung gibt es nicht viel zu loben."

„Wie oft schon habe ich ihm gesagt, dass er einen Kochkurs besuchen soll. Er reagiert überhaupt nicht. Auch könnte er mich öfters am Abend zum Essen in ein Restaurant einladen."

„Wenn ich zusammenfasse, was du mir alles erzählt hast, sehe ich schwarz für deine Ehe."
„Was willst du damit sagen?"

„Dass dein Mann vorwiegend lieblos ist, sich nicht um dich kümmert, sich meist in seinem Club aufhält, kein Verständnis für deine Fernsehinteressen zeigt und zum Fernsehen lieber zu Freunden geht. Um nicht deinen Mann um

Geld anbetteln zu müssen, bist du gezwungen einen Beruf auszuüben. Für deine berufliche Tätigkeit zeigt Franz jedoch keinerlei Interesse. Also ist dein Mann ein ziemlich mieses Geschöpf."

Gerda sah meine Frau fassungslos an, dann sagte sie voll heller Empörung:

„Das hätte ich nie von dir gedacht! Wie kannst du nur so gemein von meinem Franz sprechen?!"

HANDYSUCHT

Wer im öffentlichen Leben steht, muss um sein Prestige bemüht sein. Dazu dienen unter anderem Statussymbole. Unter „status" versteht man „Zustand", auch „Vermögensstand", also ein Symbol der Wertigkeit des Betreffenden, zu dem seit einiger Zeit auch das „Handy" gehört.

Das Handy-Fieber beherrscht die Welt. Innerhalb eines Jahres hat sich in Österreich die Zahl der Handyaner verdoppelt. Für den einen ist das Handy ein unerlässliches Kommunikationsmittel, dem anderen dient es hauptsächlich zur Prestigepflege.

Heinz, Student im ersten Semester, der sich mit seiner neuen Freundin in einem Kaffeehaus befindet, wird von Franz angerufen.
„Hallo Heinz, wo bist du jetzt?"
„Meine Verehrung, lieber Generaldirektor, Sie erreichen mich gerade im Kaffee National."
„Spinnst du? Wieso Generaldirektor? Ach so, ich verstehe, an deiner Seite befindet sich wohl gerade eine Sahneschnitte."

„Ganz recht, Herr Generaldirektor. Bleibt es beim morgigen Termin mit dem Präsidenten? Wir haben Wichtiges wegen der Ölbohrung zu besprechen."
„Ich habe dich nicht gut verstanden. Wen willst du anbohren?"
„Wegen der Ölbohrung!"
„Öl sagtest du? Etwas dick, was du da aufträgst. Dann würde ich ihr wenigstens den Kaffee bezahlen!"
„Wird alles von mir bezahlt, einschließlich der Kaffeeplantage, mein lieber Generaldirektor!"
„Die Deine muss aber ziemlich doof sein, wenn sie dir das abnimmt."

Die Sahneschnitte an Emils Seite betrachtet ihren Freund mit Bewunderung. Gut, dass sie nicht den „Herrn Generaldirektor" in seinen zerissenen Jeans mit dem etwas schmuddeligen T-Shirt samt der Aufschrift „Donald Duck" sehen kann. Ihre Bewunderung würde eine erhebliche Einschränkung erleiden.

Handys können prestigeschädigend sein, weil sie nicht fragen, wo sich ihr Besitzer zur Zeit eines Anrufes befindet. Unser Handybesitzer, Kaufmann in bedrängten Verhältnissen, wird während seines Mittagessens in einem dichtbesetzten Restaurant gehobener Preisklasse angerufen.
„Hier ist die Firma Zwick. Wir fordern Sie zum letzten Mal auf, endlich ihre offenen Rechnungen zu bezahlen."
„Wird erledigt", antwortet forsch der Handybesitzer.
„Das erzählen Sie uns schon seit Wochen. Wenn Sie nicht umgehend zahlen, werden wir unsere Forderungen dem Gericht übergeben!"
Der Handymann sieht sich verlegen im Raum um. Das Gefühl, dass alle mithören können, kriecht vom Handy in den Magen. Mit dem gespielten Ausdruck eines cleveren Geschäftsmannes ruft er:

„Phantastisch! Schön, dass Sie sich über die prompte Überweisung freuen!"
„Wollen Sie mich auf den Arm nehmen?"
„Selbstverständlich – nicht doch, ich wollte sagen, wird sofort erledigt."

Läutet etwa während einer wichtigen Sitzung das Handy eines Aufsichtsratsvorsitzenden, der wegen seiner harten Verhandlungstaktik bekannt ist, und der mit hochrotem Kopf antwortet, „Putzimaus, es geht jetzt nicht!", und nach einer Weile verlegen, „Ja, ich dich auch", werden seine weiteren Ausführungen nicht mehr ganz so ernst genommen.

Das Läutwerk eines Handy enthält eine große Zahl Melodien, aus denen man wählen kann. Meine Frau, ebenfalls eine Handybesitzerin, suchte sich eine sinnige und besonders heitere Melodie aus.

Wir besuchten einen feierlichen Gottesdienst und hörten der Predigt unseres Pfarrers aufmerksam zu. „Interessiert Euch mehr für Euren Nächsten", rief er seinen Schäfchen zu, „und wenn Ihr keine Zeit habt, dann ruft wenigstens einmal an …!"
Da ertönte aus dem Handy meiner Frau, laut und deutlich die von ihr gewählte Melodie des Komponisten und Interpreten Raabe:

„Kein Schwein ruft mich an, keine Sau interessiert sich für mich!"

Hilfeleistung

Unter einer Hilfeleistung versteht man die gesetzliche Pflicht zur Hilfe bei Unglücksfällen, Gefahr oder Not. Wer ihr nicht nachkommt, obwohl Hilfe erforderlich und zumutbar ist, wird mit Gefängnis bestraft oder erhält eine Geldstrafe.

Diese Geschichte dreht sich um eine Hilfeleistung, die man mir entgegenbrachte, obwohl ich weder einem Unfall zum Opfer gefallen war, noch mich in Gefahr oder einer Not befand. Es bestand also keine Veranlassung mir zu helfen, um einer Gefängnisstrafe zu entgehen.

Aber es gibt liebenswerte Mitmenschen, die auch dann ihre Hilfeleistung anbieten, wenn diese weder erwartet, noch erforderlich ist. Hilfe durch rohe Gewalt zu verhindern, wäre unmenschlich. So ist man gezwungen sich helfen zu lassen, mag dies auch noch so beschwerlich sein.

Meine Frau und ich zählen zu jenen rückständigen Bürgern, die für zwei Personen nur ein einziges Auto besitzen. Weil meine Frau den Wagen dringend benötigte und ich zur gleichen Zeit nach Wien reisen musste, entschloss ich mich, mit der Bahn zu fahren.

Ich freute mich auf die Fahrt, denn meine Frau hat mich im Laufe meiner Ehe davon überzeugt, dass es nichts Bequemeres gibt, als größere Strecken im Zug zu fahren. Man kann sich gemütlich in bequemen Sesseln zurücklehnen, lesen oder schlafen. Ein Autolenker, der sich derartige Bequemlichkeiten einfallen ließe, wäre mit Sicherheit auf Hilfeleistungen angewiesen.

Am Vorabend meiner Wienreise hatten wir Herrn und Frau Minimann zu uns eingeladen. Wir erwähnten unter anderem, dass ich mit der Bahn nach Wien fahren müsse. Ich sagte „müsse", eine dumme Redewendung, weil man unter „muss" etwas Zwanghaftes und daher Unangenehmes versteht. Hätte ich nur geahnt, was ich mit diesem falsch gewählten Wort auslösen würde.

„Mit der Bahn?", rief Berta Minimann mit einer Stimme, die tiefes Mitleid verriet. „Wann ‚müssen' Sie denn nach Wien fahren?"
„Morgen."
„Da können wir sie mitnehmen", sagte Hannes, der Ehemann.
„Ja, das können wir", bestätigte Berta.
Ich wehrte erschrocken ab.
„Auf keinen Fall. Ich fahre sehr gerne mit der Bahn."
„Sie setzen sich gemütlich in unseren Wagen – und schon sind Sie in Wien", sagte die gütige Berta.
„Sehr lieb, aber …"
„Kein ‚aber' ", bestimmte Hannes. „Sie kommen mit uns."
„Ich habe Gepäck", versuchte ich einen weiteren Rettungsversuch."
„Wir haben einen großen Wagen. Gepäck spielt keine Rolle."
„Wegen der Kinder", klärte mich Berta auf.

So schnell lasse ich mich nicht „behilfeleisten". Darum erfand ich:
„Ich werde am Bahnhof abgeholt."
„Warum nicht", sagte Hannes. „Dann setzen wir Sie am Bahnhof ab. Also keine Widerrede. Morgen stehen wir um 7 Uhr mit unserem Wagen vor Ihrem Haus."
„Am Morgen?"
„Natürlich. Oder wollten Sie in der Nacht in Wien ankommen?"
„Das nicht. Aber meine Besprechung findet erst am Abend statt."
„Sehen Sie", sagte der liebenswürdige Hannes Minimann, „dann haben Sie jede Menge Zeit sich Wien anzusehen."

Ich verzichtete darauf hinzuweisen, dass ich Wien wie meine Westentasche kenne.

„Sie machen einen so unsicheren Eindruck?", bemerkte er, „Haben Sie etwa Angst, ich wäre kein sicherer Fahrer?"
„Aber ich bitte Sie!", versicherte ich, „Sie strahlen die Sicherheit selbst aus. Wer Sie sieht, würde sich keinem unbekannten Lokomotivführer mehr anvertrauen!"
Hannes Minimann sagte bestimmend:
„Also morgen um 7 Uhr bei Ihnen."

Bereits 6.45 Uhr hupte es volltonig vor meinem Haus.

Ich lies den Rest meines Frühstückes stehen, erfasste meinen kleinen Geschäftskoffer, in dem sich nur die Gebrauchsgegenstände der Nacht befanden und eilte zu den Hilfsbereiten.

Hannes Minimann kam mir entgegen.

Hilfeleistung R·GG.'99

„Da sind Sie ja!“, eine Feststellung, die keinen besonderen Scharfsinn erforderte.
„Wo ist Ihr Wagen?“, fragte ich.
„Dort!“, sagte er, indem er auf einen Bus zeigte, von dem ich angenommen hatte, es handle sich um einen Schulbus, der vielen lärmenden Kinder wegen, die sich darin befanden.
„ So viele Kinder!“, rief ich überrascht.
„Alles meine“, sagte er stolz, so als sei Kinderzeugen eine unerhörte Leistung.
Von den lieben Kleinen wurde ich stürmisch begrüßt. Eines der Kinder kletterte auf meinen Schoß, um besser aus dem Fenster schauen zu können.
Auf den Beifahrersitzen saßen Beate und eine etwas mürrisch dreinschauende ältere Frau.

„Meine Schwiegermutter“, erklärte Hannes. „Sie muss vorne sitzen, weil die Kinder sie nervös machen. Ich hoffe, es macht Ihnen nichts aus bei der Jugend zu sitzen. Jugend zu Jugend“, lachte er. Bei meinem Alter bereits kein Witz mehr. „Sie haben doch auch Kinder.“
„Gewiss, gewiss“, bestätigte ich.
„Die werden sicher schon recht selbstständig sein.“
„Man kann sie ohne Bedenken alleine lassen“, antwortete ich. „Sie sind sehr selbst ständig.“
Während er hinter dem Lenkrad Platz nahm und den Motor anließ, fragte er: „Wie alt sind sie denn?“
„Die Älteste ist fünfundfünfzig und die anderen sind auch nicht viel jünger.“
Er sah mich erschrocken an und der Motor starb ab.

„Darf ich auch auf deinen Schoß?“, fragte eines der Mädchen, Gusti genannt, „ich kann dann besser aus dem Fenster schauen?“
Kindern eines Gastgebers schlägt man nichts ab.

Ein anderes Mädchen fing an zu weinen.
„Was ist denn nun wieder los?“, schimpfte Beate, die Mama.
„Ich auch Fensti schauen“, jammerte sie.
„Hätten Sie was dagegen“, fragte Mama, „wenn sie Gucki auf ihren Schoß nehmen?“
„Ich habe schon zwei“, antwortete ich.
Gusti fing an zu würgen.
„Ich glaube ihr ist schlecht.“
Die Schwiegermutter reichte mir einen Pergamentsack.
„Gusti soll da hinein“, sagte sie befehlend, womit nicht das Kind gemeint war, das auf meinen Schoß saß, sondern etwas anderes. Ich dachte daran, dass ich keinen zweiten Anzug mitgenommen hatte.

„Wann sind wir denn da?“, fragte ein männliches Kind.
„Mein Gott, Peter, wir sind doch erst weggefahren“, sagte Papa.

„Na, was sagen Sie?“, rief Hannes Minimann zu mir zurück, während ich Gusti krampfhaft das Papiersackerl vor den Mund hielt. „Das ist doch etwas anderes, als in einem ungemütlichen Zug zu fahren. Hier haben Sie Ihre Ruhe. Kein Mensch stört sie und kein lautes Rädergeratter.“
„Was haben Sie gesagt?“, rief ich zurück.
„Rädergeratter!“, wiederholte er.
„Nein!“, schrie ich, „das sind die Kinder!“
„Welche Kinder meinen Sie?“
„Na diese hier im Wagen. Ich schlage vor, dass wir uns nach der Fahrt unterhalten.“

Hannes bemühte sich als Gastgeber mir die Gegend dennoch zu erklären, die ich seit etwa 60 Jahren befahren hatte und die er offensichtlich nicht so gut kannte wie ich.

Zeit genug diese ausgiebigst zu betrachten hatte ich, da der alte Kombi der Familie nicht nur sehr laut, sondern auch sehr langsam war.

Auch Schwiegermama rang sich ein paar Fragen an mich ab.

„Wieso reisen Sie alleine? Sind Sie unverheiratet?"
„Ich sagte bereits, dass ich Kinder habe."
„Kinder", klärte sie mich auf, „können auch Unverheiratete bekommen."
Ich mochte sie nicht, darum antwortete ich:
„Aber nicht so alte."

Daraufhin schwieg sie.

„Papi", rief ein Bub, „ich muss mal."
„Jetzt nicht", sagte Papa streng und etwas unlogisch fügte er hinzu, „jetzt wird gefahren."
„Dann mache ich in die Hose!"
„Untersteh dich", schimpfte Mami. „Hannes, bleibe bitte irgendwo stehen."
„Das ist doch zu blöd", schimpfte er und fuhr an den Rand heraus.

Ich dachte an die süße liebe Eisenbahn und sah mich im Geiste zurückgelehnt, ein Buch vor mir liegend, an einem Becher voll duftendem Kaffee nippend.
Der Knabe, Werneli genannt, bekam zunächst den Reißverschluss nicht auf und so kletterte auch Mami aus dem Bus.
„Zum Donnerwetter", schimpfte Hannes, „stell dich doch nicht mit deinem – ich meine mit dem Dingsda zur Autobahn hin. Dreh dich um!"
„Mit wem soll ich mich umdrehen?"

„Mit dem … ! Also mit, mit … ! Beate, ich bitte dich, geh zu dem Lümmel und drehe ihn um!“
Aber er war schon fertig.
Kurz darauf fuhr Hannes zu einer Tankstelle und die Kinder verlangten nach Süßigkeiten, die ihnen gewährt wurden. Einige hatten sich für Kaugummi entschieden.
„Oma“, rief Johannes, der Älteste, „sag Papa, dass wir jetzt wo essen sollten.“
Oma sagte es und Papa sah es ein. So blieben wir bei der nächsten Autobahnraststätte stehen. Als ich aussteigen wollte, bekam ich einen Fuß nicht hoch. Wie es sich herausstellte, klebte er an einem Kaugummi fest.

Irgendwie musste ich mich für die Liebenswürdigkeit mitgenommen zu werden, erkenntlich zeigen. Ich bestand daher darauf die Rechnung für das Essen der Familie zu übernehmen. Welche Bereitschaft freudig angenommen wurde.
„Dann esse ich eine ganz große Portion Eis mit Früchten und Schlag“, rief Peter und alle anderen stimmten freudig mit ihm ein. Die Riesenfamilie hatte einen gesegneten Appetit.

Die Rechnung überstieg bei weitem die Reisekosten, die ich für meine Bahnfahrt zu bezahlen gehabt hätte.

Als wir wieder auf der Autobahn waren, meinte Herr Minimann:
„Sehen Sie, wie gemütlich eine Fahrt mit dem Auto ist. Und außerdem ersparen Sie sich noch dazu die Kosten der Fahrkarte.“
Ich fand diese Bemerkung unpassend.

Und Oma meinte, „Sie sollten sich trotzdem ein Auto anschaffen.“

„Hach!", rief plötzlich Mama Minimann, „Peter, wir fahren doch über St. Pölten. Mein Gott, wie würde sich Tante Eulalie freuen, wenn wir sie besuchen."
Sie wandte sich an mich: „Ihnen macht es wohl nichts aus? Sie haben doch erst am Abend Ihr Treffen."
Ein höflicher Mensch, der dazu noch eingeladen wurde mitzufahren, sagt darauf: „Aber selbstverständlich nicht." Ich ließ wenigstens das Wort „selbstverständlich" weg und ersetzte es durch „doch".
„Aber nicht doch!"

Tante Eulalie war sichtlich überrascht. Viel Freude konnte ich allerdings nicht feststellen.
Sie deutete auf mich und meinte:
„Du bist sicher Vetter Bunzli aus Zürich. Schön dich auch einmal kennen zu lernen."
„Wie kommst du denn darauf?", fragte Herr Minimann.

An einem Glas säuerlichen Wein tranken wir etwa zwei Stunden. Dann verabschiedete sich die Familie zur sichtlichen Erleichterung der Tante.

Am frühen Abend erreichten wir Wien.

Ich ließ mich an irgendeinem Bahnhof absetzen und bedankte mich sehr herzlich, weil das auch in solchen Fällen üblich ist.

Die hilfreiche Frau Minimann rief mir noch zu: „Wann fahren Sie wieder zurück? Wir könnten Sie vielleicht wieder mitnehmen?"

Während ich auf die Bahnhofshalle zueilte, antwortete ich:

„Ich hab's mir überlegt, ich bleibe in Wien!"

Im Zustand gespannter Erwartung

oder

Das Kochbuch aus dem Jahre 1793

Die Masse ist im Zustand gespannter Erwartung leicht zu beeinflussen. Es genügt, wenn das Geschilderte eine nur entfernte Ähnlichkeit mit den Tatsachen hat. Ein Phänomen, das Demagogen ein so leichtes Spiel ermöglicht. Die Masse denkt in Bildern und ohne Zusammenhang. Sie lässt sich ebenso schnell begeistern, als abschrecken.

In der folgenden Geschichte handelt es sich um Gebotenes von hoher Qualität. Dennoch war es möglich Zweifel zu erregen.

Das Kochbuch aus dem Jahr 1793 wurde von E. A. Hochheimer herausgegeben, einem Mitglied der Königlichen Großbritischen Deutschen, der Churmainzischen Akademie der Wissenschaften und zwar unter dem Titel:

ALLGEMEINES ÖKONOMISCH = CHYMISCH = TECHNOLOGISCHES HAUS= UND KUNSTBUCH

Zugegeben, dieser Titel lässt als Kochbuch aufhorchen. Neben der Wanzenvertilgung, der Herstellung von Rotstiften, der Reinigung von Fischöl und anderen bedeutenden Tätigkeiten, wird erklärt, wie man trüben, zähen Wein abklären oder Brot vor dem Verschimmeln bewahren kann. Schließlich wird in dem mehrbändigen Werk ein breiter Raum den Kochrezepten eingeräumt.

Ich hatte dieses Buch bei einer Auktion erworben und zwar wegen des prachtvollen goldgeprägten Einbandes. Erst später las ich den für unsere Zeit teilweise kuriosen Inhalt.

Meine Frau meinte ohne dieses Buch gelesen zu haben:
„Ich hätte eine Idee! Wie wäre es, wenn der nette Direktor des Grand Hotel Bellevue ein historisches Galadiner organisieren würde und du dieses Essen mit den Kommentaren aus dem Buch begleitest?"
„Tolle Idee!", bestätigte ich. „Er wird dafür sicher zu haben sein."
„Du musst allerdings einen Weg finden", sagte meine Frau, „der es dir möglich macht, deinen Ruf als Satiriker zu bewahren. Das wird in diesem Falle schwierig sein."
„Laß dich überraschen", antwortete ich.

Unser Direktor zeigte sich tatsächlich begeistert. Der Abend wurde von der Lokalzeitung und über das Radio angekündigt. Die Einladungen hatte man auf geschöpftem Büttenpapier gedruckt und sie an einen ausgewählten Personenkreis versandt.

Am festgesetzten Abend fanden sich im Prunksaal des alten Grand Hotels prominente Gäste ein. Die Tische waren reich mit Silber, teurem Porzellan und Kristallgläsern gedeckt. Prachtvolle Blumengestecke schmückten den Saal und überall standen Kandelaber mit brennenden Kerzen, deren Schein sich in den Spiegelwänden vervielfachte.

Im Hintergrund spielte ein kleines Orchester in historischen Kostümen. Sogar der Direktor erschien kostümiert um die Gäste zu empfangen, welche von reizenden Damen in der Mode des ausgehenden 18. Jahrhunderts, an ihre Tische geleitet wurden.
Man nahm Platz, freudig erregt in Erwartung des kommenden Festmahls, dessen Menuefolge auf Pergamentrollen gedruckt worden war.

Von einem Tusch begleitet, marschierten die Kellner auf, bekleidet in blaue Livreen. Man hatte auf den Fundus des Stadttheaters zurückgegriffen. Der erste Gang wurde serviert.

Ich erhob mich und läutete mit einer Tischglocke. Als feierliche Stille eintrat, las ich den zum ersten Gang passenden Kommentar vor, Wort für Wort, so wie es in meinem Buche steht:
„Meine Damen und Herren, soeben serviert man Ihnen eine Fleischbrühe. Ich zitiere dazu aus Band 3, Seite 14:

‚Diese Erfindung, die zu den gemeinnützigen unserer Zeit gehört, haben wir einem französischen Chemiker zu verdanken. Die Brühe wurde an die ärmeren Bevölkerungskreise abgegeben. Man nehme eine Partie Knochen, haue sie in Stücke und zerschlage diese mit einer Keule. So kann man in einer Stunde 144 Portionen zerschlagen. Man kann zu diesem Knochenpulver alle Knochen, selbst wenn sie hundert und mehr Jahre alt wären, verwenden.' "

„Jetzt ist mir klar", erklärte ich, „warum der Koch des Hauses gestern das Archäologische Institut aufgesucht hatte. Halt, da steht noch etwas: ‚Man kann Knochen sogar von Tieren verwenden, die man gewöhnlich nicht isst, weil ihr Fleisch zu ekelhaft schmeckt.'

Zu dieser Knochensuppe wünsche ich Ihnen einen guten Appetit!"

Einige Gäste lachten ein wenig schüchtern, andere klatschten zögerlich. Nur ein Herr an unserem Nebentisch zeigte auffallend laut seine Begeisterung und machte sich mit Appetit an den Verzehr der Suppe. Ich bemerkte hingegen, wie andere Gäste etwas unsicher in ihre Suppenschale schauten.

Der Direktor kam an meinen Tisch.
„Sind ihre folgenden Kommentare alle so ähnlich wie dieser?"
„Nein", sagte ich wahrheitsgemäß, denn es handelte sich um ganz andere Speisen.

Die Kapelle spielte ein Stück von Mozart, sinnigerweise aus der Oper „Cosi fan tutte" (so machen es alle) während die Kellner als warme Vorspeise Pastetchen mit Champingons à la crème servierten. Es roch köstlich.

Abermals stand ich auf, läutete, nahm mein Buch zur Hand und las in feierlichem Tone:
„‚Es ist gewiß eine Sache der Wichtigkeit, dass man die guten Champignons von den schädlichen zu unterscheiden wisse'.
Liebe Gäste, ich bin sicher, dass Sie die Meinung des Verfassers teilen."
Ich las weiter: „‚Beide verderben an der freien Luft um so viel geschwinder, je feuchter und je weniger sie geschlossen sind. In diesem Zustand findet man, indem man sie öffnet, einen Haufen Würmer in ihnen. Die Unterscheidungskennzeichen sind sehr – zweideutig! Die besten Champignons können sehr schädlich sein, entweder, wenn man sie zu früh oder zu spät sammelt.' "

Der Herr vom Nebentisch lachte schallend und klatschte begeistert in die Hände, bevor er sich über die Pastetchen machte.

Der Direktor eilte zu mir und flüsterte mir zu:
„Die Gäste weigern sich das zu essen. Sagen Sie um Gottes Willen etwa Beruhigendes."
„Steht auch im Buch", antwortete ich und fuhr fort: „Zu Ihrer Beruhigung gibt es einen Hinweis:
‚Falls die Champignons nicht vertragen werden sollten, ist alleine Ihr Gesundheitszustand dafür verantwortlich. Lemmery gibt den Rat zu Champignon genügend Wein zu trinken.'
Das ist kein gewinnsüchtiger Hinweis des Hauses, sondern das steht tatsächlich in diesem Buch."

Während der eine Teil der Gäste lustlos in den Pastetchen stocherte, hatten sich die anderen Gäste, meinem Rat entsprechend, dem Weine zugewandt. Nur unser Tischnachbar ließ sich nicht verwirren. Man sah ihm an, dass das Essen im Vergnügen bereitete.

Meine Frau sagte: „Was redest du denn da für einen Unsinn?"
„Das ist kein Unsinn", antwortete ich, „du hast gesagt, ich solle satirischen Schwung reinbringen. Das Buch macht es mir leicht. Ich halte mich genau an den vorgegebenen Text!"
„Ich hätte es wissen müssen!", jammerte meine Frau. „Wir werden uns hier niemals mehr blicken lassen können!"

Da ertönte ein ohrenbetäubender Trommelwirbel, der mit einem Paukenschlag beendet wurde. Die Flügeltüren öffneten sich und die Kellner erschienen im Gänsemarsch, um den Hauptgang zu servieren.

Ich klopfte an mein Glas.
„Liebe Gäste, als dritter Gang wird Ihnen jetzt ein Kaninchenrücken serviert, gebacken in Butterteig auf rosa Pfeffersauce mit Trüffeln, mit kleiner, feiner Gemüsegarnitur.

Dazu steht in meinem Buch ..."

Der Direktor stürzte abermals auf mich zu.
„Ich flehe Sie an! Kein Kommentar!"

Ich tat, als würde ich ihn nicht verstehen und fuhr fort:
„Unter uns befindet sich ein bekannter Zoologe. Es wird ihn sicher interessieren, was man seinerzeit über das Kaninchen schrieb."
Der Direktor zeigte sich beruhigt: „Wenn es etwas Zoologisches ist, bitte."

Ich begann: „Also: ‚Der Nutzen, welche Kaninchen als Nahrungsmittel gewähren, ist weit geringer, als der des Hasen. Weil ihr Fleisch bei weitem nicht so wohlschmeckend ist, muss es vielmehr dem schlechten Wildbrett zugerechnet werden, denn es hat etwas Widriges an sich, welches die wenigsten Menschen vertragen."

Leichtes Murren war im Saal zu hören, einige Gäste suchten nach ihren Magenpillen.
Meine Frau flüsterte mir zu:
„Der Direktor wird uns Lokalverbot geben, wenn du so weiter machst."
„Ich kann nur vorlesen, was im Buch steht. Wenn er keinen Humor hat, kann ich ihm nicht helfen."
„Hörst Du?", sagte meine Frau, „Die Kapelle spielt bereits Mozarts Requiem. Vielleicht als Anspielung. Er hat das Stück selbst nicht vollenden können. Der Direktor ist auch nicht mehr zu sehen!"

Indessen hatte der Alkohol und das, trotz meiner Kommentare ausgezeichnete Essen, die Gäste wieder einigermaßen versöhnt. Die köstliche Nachspeise – eine „Omelette surprise à la Mozart", eine spezielle Kreation des Küchenchefs – ließ Heiterkeit aufkommen. Anschließend gab es „Cafe à la turque" mit den authentischen, originalen und ganz echten Mozartpastillen aus Obergrammersdorf.

Beim Abschied wurde mir von vielen Gästen versichert, dass der Abend ungewöhnlich gewesen sei. Man werde sich noch lange daran erinnern. Ich war nicht ganz sicher, wie das gemeint war.

Am nächsten Tag stand über das Ereignis in der Lokalzeitung folgender Bericht:

„KULINARISCHES AUS DEM 18. JAHRHUNDERT
IM GRAND HOTEL BELLEVUE
BEGEISTERTE GÄSTE – HOTELDIREKTOR ERLITT
EINEN KREISLAUFKOLLAPS

… Wolf von Schilgens Kommentare gaben zu großer Heiterkeit Anlass. … Die eine oder andere Appetitlosigkeit hielt sich in Grenzen. … Dennoch wurde der Wunsch nach einer Wiederholung laut, jedoch mit dem Hinweis, nicht wieder ein ganz so altes Kochbuch zu verwenden.
Ein Wermutstropfen war der plötzliche Kreislaufkollaps des Direktors, der sich jedoch wieder auf dem Weg der Besserung befindet …
Wolf von Schilgen, an dessen Nebentisch ich saß, schienen seine nicht gerade angepriesenen Speisen ebenso köstlich zu munden, wie sie mir vorzüglich schmeckten."

Mein klatschender Tischnachbar war demnach der Reporter der Lokalzeitung und als solcher selbstverständlich Gast des Hotels.

Wissen Sie, was meine Frau nach dieser Erkenntnis sagte?

„Einem geschenkten Gaul, schaut man halt nicht ins Maul."

Kein Hund

Über Felder zischen Ratten,
Ein Uhu schreit im nahen Wald,
Und im Nebel dunkle Schatten.
Feucht ist es draußen und sehr kalt.

November ist's, die Nächte rau.
Kein Mensch jagt einen Hund mehr raus.
Vom Wind gebeugt geht eine Frau
Im dünnen Mantel aus dem Haus.

Sie sieht fast nichts. Was tut sie dann?
Sie holt ein Bier für ihren Mann.

In den Sternen steht's geschrieben …

Der Mensch ist ein guter Bastler – mehr nicht. Zwar hat er sich ein Gerät gebaut, mit dem er zum Mond fliegen kann, aber was heißt das schon. Ein Gestirn, das der Erde im wahrsten Sinne des Wortes nicht einmal das Wasser reichen kann. Das All wird ihm ein Rätsel bleiben: Kein Anfang kein Ende. Unbegreiflich, beunruhigend.

Was gibt es zwischen Himmel und Erde? Sind es geheime Kräfte? Gibt es Menschen, die von der Natur bevorzugt, sich dieser Kräfte bedienen können? Die voraussehen, was durch die normale Sinneserfassung nicht vorher zu bestimmen ist?

Schon bei den alten Griechen wurde das Wahrsagen außerhalb des religiösen Bereiches gewerbsmäßig ausgeübt, wie zum Beispiel die Deutungen der Konstellation der Gestirne, Traumauslegungen oder das Reden in Trance und vieles andere mehr. Das Kartenlegen, das Auspendeln oder das Bestimmen des Schicksal aus dem Kaffeesatz sind Errungenschaften der neueren Zeit.

Je unsicherer sich ein Mensch fühlt, um so weniger verlässt er sich auf seine eigene Intuition. Wenn ein anderer behauptet, sich zwischen Himmel und Erde bewegen zu können oder einen Draht zum Jenseits zu haben – dann nichts wie hin!

Tantchen gehört zu jenen, die ohne einen Blick in die Zukunft nicht leben können. Sie liest nicht nur jeden Tag das Horoskop in der Zeitung, sondern besucht regelmäßig eine Bekannte, die sich mit der Wahrsagerei beschäftigt. Dabei hat sie panische Angst vor dem, was kommen könnte.

„Gerade deshalb will ich es wissen", seufzte sie. „Dann kann ich mich vorzeitig davor schützen."
„Wenn du dich vorsiehst und damit verhinderst, was die Wahrsagerin voraussagte, versetzt du sie ins Unrecht."
„Wieso?"
„Weil es dann nicht eintrifft."
Tantchen sah mich böse an. „Du willst mich verunsichern."
„Keineswegs. Ich will dir nur Geld sparen helfen. Was hat dir denn deine Bekannte vorausgesagt?"
Sie holte einen Zettel hervor, auf dem sie sich fein säuberlich Notizen gemacht hatte.
„Frau Thalia ist eine anerkannte Wahrsagerin. Sie hat mir vorausgesagt, dass ich in allernächster Zeit einen Besuch erhalte, über den ich mich sehr freuen werde."
„Ist schon eingetroffen!", bestätigte ich, „hier bin ich!"
Tantchen sah mich zweifelnd an.
„Ob sie nur deinen Besuch gemeint hat?"
„Was heißt hier ‚nur'? Freust du dich nicht?"
„Natürlich freue ich mich, dass du da bist", sagte sie, aber man sah ihr die Enttäuschung an.
„Und weiter?"
„Ein größerer Geldbetrag steht mir ins Haus!"
„Klar, Tantchen, deine Pension. Im nächsten Monat bekommst du sie sogar doppelt, nämlich dein Urlaubsgeld!"
„Das kann sie nicht gemeint haben!" Sie schnupfte enttäuscht.

„Und was hat dir Frau Thalia im letzten Jahr alles vorher gesagt?"
„Ich weiß, dass du nicht an die Sterne glaubst. Aber es hat sich alles bewahrheitet, was sie mir vorausgesagt hatte. Zum Beispiel die Krankheit. Ich hatte die Grippe ..."
„Und ich habe mir den Fuß verstaucht."
„Nein, du Armer", zeigte sie sich mitleidig.
„Und was noch?"
„Stell dir vor, sie hat mir vorausgesagt, dass ein guter Bekannter von mir sterben wird."
„Und?"
„Oberregierungsrat Weinstein ist gestorben. Er war ein so lieber Mensch!"
„Tantchen, du bist jetzt 87 Jahre alt. Es ist anzunehmen, dass sich das Feld deiner Bekannten und Freunde lichtet. Sogar von mir ist ein Bekannter gestorben. Außerdem war Herr Weinstein kein lieber Mensch, sondern ein unangenehmer Querulant. Du konntest ihn nie leiden."
„Über Tote schimpft man nicht. Tote sind immer liebe Menschen."
„Aber es nicht immer waren, Tantchen."
„In Kitzbühel", fuhr sie fort, „werde ich einen sehr netten jungen Menschen treffen, hat sie gesagt. Und wen treffe ich: meine Nichte Erni."
„Erni wohnt in Kitzbühel. Frau Thalia hat tatsächlich Kitzbühel gesagt?"
„Ich weiß nicht genau ob sie Kitzbühel gesagt hat, aber jedenfalls im Urlaub. "
„Du wirst lachen Tantchen, ich traf im Urlaub auch sehr nette Menschen! Was hat sie noch gesagt?"
„Für einen Verkauf stehen meine Chancen durch Uranus besonders gut."
„Du hast etwas verkauft?"
„Nein, ich wüsste nicht was! Aber sie sagte auch, dass ich gleich günstige Chancen bei einem Einkauf haben werde."

„Und?“
„Im Supermarkt kaufte ich bei einem Sonderangebot eine ganze Steige Äpfel zu einem geradezu lächerlichen Preis.“
„Tante, sei mir bitte nicht böse, die haben andere Hausfrauen, die möglicherweise ein ganz anderes Horoskop haben, auch ohne Wahrsagerin gekauft.“
„Dass du immer etwas einzuwenden hast“, ärgerte sie sich.

Ich schlug die Zeitung auf und las ihr aus dem „Horoskop der Woche“ vor:
„Die Aprilstiere sollten sich vor Venus und Neptun in Acht nehmen ...“
Sie unterbrach mich: „Ich bin am 18. Mai geboren.“
„Dann bist du also kein Aprilochse ...“
„Stier“, ergänzte sie, „also was ist mit dem Mai-Stier?“
„Tantchen, Tantchen! Da kommt etwas auf dich zu. Hier steht: ‚Lassen Sie sich über den Feiertag zu einem kurzen Liebesurlaub überreden. Sie werden auf ihre Kosten kommen.‘ “
„Na und?“, fragte sie provozierend.
„Tante, du bist siebenundachtzig Jahre alt.“
„Was willst du damit sagen?“
„Ich denke, dass in diesem Alter ein spontaner Liebesurlaub recht selten ist.“
„Steht da nicht, dass ich mich dazu überreden lassen soll?“
„Ja.“
„Ich ließe mich!“, sie sah mich neckisch an. „Übrigens hat mir Frau Thalia ein Fläschen ‚River flowers‘ verkauft. Nicht billig, hilft aber gegen fast alles. Auch gegen meine Vergesslichkeit. 10 Tropfen am Tag genügen. Es würde sogar helfen, wenn man die Flasche nur neben sich auf den Schreibtisch stellt.“
„Du hast aber keinen Schreibtisch.“

„Eben, deswegen schlucke ich sie. Was hast du übrigens vom Mai-Stier gesagt?“
„Wirklich tolle Wirkung diese Tropfen!“, sagte ich. „Ich sprach von einem spontanen Liebesurlaub.“
„Ich finde“, sagte sie todernst, „dass du dazu ein wenig zu alt bist. Sie prophezeite mir, dass ich mich in der zweiten Jahreshälfte ärgern werde. Tatsächlich, das habe ich. Meine Miete wurde erhöht. Es trifft immer ein, was sie voraussagt.“
„Ich habe mich auch in der zweiten Jahreshälfte sehr geärgert. Mein neues Auto wurde angefahren.“

Sie sah mich nachdenklich an. „Du bist doch im September geboren, also kein Mai-Stier. Merkwürdig, dass dir immer das Gleiche wie mir passiert.“
„Warum wohl? Nicht nur mir passiert das. Fällt dir denn nichts auf?“

Tantchens Gesicht erhellte sich.
„Ja“, strahlte sie mich an, „ich weiß warum,

„DU WARST AUCH BEI FRAU THALIA!“

Kommunikation

Erfindungen erleichtern das Leben ebenso als sie es erschweren können. Mit ihnen so umzugehen, dass der Nutzen größer als der Schaden ist, gehört zur Lebenskunst. Eine dieser Erfindungen ist das Telefon.

Der Austausch von Gedanken, Gefühlen und Willensbezeugungen findet durch Gespräche statt. Manche Menschen lieben zwar das Gespräch, aber weniger den Austausch. Telefongespräche bieten zusätzliche Varianten der Kommunikation:

1. *Man kann einfach nur zuhören.*
2. *Oder Interesse heucheln, indem man zwischendurch „Sehr richtig" sagt, denn den meisten Menschen genügt es, bestätigt zu werden.*
3. *Bei einem Telefonat kann man sogar im Bett liegen oder sich sonst irgendwo aufhalten.*
4. *Ist der Gesprächspartner ein Dauerredner bzw. eine Dauerrednerin, kann man dabei, des seelischen Gleichgewichts wegen, ein Kreuzworträtsel lösen, die Nägel lackieren, essen oder sonst noch etwas machen.*
5. *Man kann die plumpsten Schmeicheleien sagen, ohne rot zu werden und wenn, sieht es der andere nicht.*

6. *Auch Grobheiten kann man los werden, ohne in Gefahr zu geraten, tätlich angegriffen zu werden.*
7. *Besonders erfrischend wirkt es, wenn man einen unsympathischen Menschen vom Mittags- oder Abendtisch – je nach Belieben – wegruft. Jeder rennt sofort zum Telefon, wenn es klingelt. Meldet er sich noch kauend und, wenn das Telefon sich nicht in der Nähe befindet, keuchend, sagen Sie genüsslich: „Falsch verbunden". Wünschen Sie, dass sein Essen kalt wird, rufen Sie nochmals an und entschuldigen sich: „Bei mir stimmt etwas nicht", womit Sie im gewissen Sinne sogar recht haben.*

Es gibt noch sehr viele andere Wohltaten, die ein Telefon zu bieten hat, wenn man es richtig zu nützen weiß. Leider gibt es auch Missbräuche.

Ich suchte ein Patentamt auf, um mich über die Anmeldeformalitäten einer meiner Erfindungen zu erkundigen. Als ich das Büro betrat, telefonierte der Beamte gerade.
„Da müssen's herkommen! Wohin? Na, zu wem schon. Zu mir natürlich. Wo ich bin? Herr – hier im Patentamt. Werden's nur net laut. Was wollen's wissen? Wo sich das Patentamt befindet? Woher haben's denn meine Telefonnummer? Aus dem Telefonbuch? Richtig! Dann schaun's nochmals rein! Ja Himmelssakra, ich bin nicht unhöflich, wie kommen's denn da drauf?! Aber ich habe hier Personenverkehr – Sprechstunde, wenn Sie das besser verstehen!"

Der Beamte legte den Hörer neben sich und ich vernahm daraus unverständliche Laute.
„Man soll nicht glauben", sagte der Beamte, „wie deppert die Leut sein können, mein Lieber."

„Vor und hinter einem Schalter", sagte ich.
„Wie meinen's denn das?"
„Dass Beschränktheit eine weitverbreitete Eigenschaft ist."
„Meinen's? Und was wollen Sie?", dabei nahm er den Hörer wieder auf und sagte: „Dienstzeiten täglich von 10–12 und von 14–17 Uhr. Außer Montag, Dienstag, Mittwoch, Freitag und Samstag. Ja, da bleibt nur mehr der Donnerstag! Na klar! Sag ich doch! Auf Wiederhören!"

„Ich möchte ein Patent anmelden", sagte ich.
„Was für eins?"
„Ein ganz normales."
„Ich hab' g'meint, welchem Zweck das Patent dienen soll."
„Der Bequemlichkeit."
„Ich bitt Sie, kommen's mir nicht so wie der am Telefon. Eine genaue Beschreibung brauch ich."

Ich überlegte. Da meine Erfindung noch nicht durch ein Patent geschützt war und ich lediglich eine Auskunft erhalten wollte, erfand ich in aller Eile etwas Neues.

„Eine Butterbrotschneideundschmiermaschine."
„Eine was?!"
„Eine Butterbrotschneideundschmiermaschine. Ich finde es zum Beispiel beim Frühstück sehr lästig, dass ich jedesmal die Zeitung weg legen muss, um ein Butterbrot zu essen. Ich muss ein Messer zur Hand nehmen, um das Brot zu schneiden, muss dann das Butternäpfchen heranziehen und dabei aufpassen, dass die Zeitung nicht fettig wird, schließlich muss ich die Butter mit dem Messer aufnehmen und auf die Brotscheibe schmieren."

„Aber essen müssen's selber?"
„Sie brauchen meine Erfindung nicht kaufen und können auf althergebrachte Art dreihunderfünfundsechzig Mal im

Jahr schneiden und schmieren. Bei zwei Semmeln wären das siebenhundertunddreißig Schneide-und Schmiervorgänge. Wobei ich nicht an drei Semmeln denken will."

Ich hatte mich so in Fahrt geredet, dass ich in Erwägung zog, so ein Gerät zu erfinden.

Auch der Beamte schien beindruckt.

„Ich muss Sie jedoch darauf aufmerksam machen", sagte er, „dass eine Erfindung nicht als neu gilt, wenn sie vor Ihrer Anmeldung von einer anderen Person bereits angemeldet wurde."
„Das ist mir klar. Deshalb habe ich auch nicht die elektrische Glühbirne erfunden."

Es klingelte das Telefon. Der Beamte nahm den Hörer ab. „Das Telefon ist zur Zeit nicht besetzt", und legte den Hörer wieder auf.
„Falls Sie der Urheber der Erfindung sind", fuhr er fort, „haben's Anspruch auf Erteilung des Patentes. Die Dauer des Patentes beträgt achtzehn Jahre. Unter bestimmten Bedingungen kann das Patent enteignet werden. Und zwar dann, wenn es im Interesse der bewaffneten Macht oder der öffentlichen Wohlfahrt liegt."
„Bezüglich der bewaffneten Macht kann ich mir eine Verwendung nicht vorstellen. Es sei denn, dass durch die Zeiteinsparung der Krieg früher beendet ist."
„Witzig san's, mein Lieber!"

Wieder läutete es.
„Das Telefon ist zur Zeit nicht ... Ach du bist es? Ja Mausi! Erledige ich. Na! Na! Hahaha! Schön war's gestern, gelt? Haha!" Er legte eine Hand über den Hörer und flüsterte von mir abgewandt: „Jetzt kann ich nicht – na, na, haha,

des mein ich nicht. Du bist eine Schlimme! – Ich meine … sprechen. Jaaa! Verkehr – Parteienverkehr. Jaa! Ich dich auch! Bussi, by, by."
Zu mir gewandt erklärte er etwas verlegen: „Das war meine Freundin."
Ich sagte: „Ich hatte nicht angenommen, dass Sie mit Ihrem Chef sprechen."

Wieder läutete das Telefon.
„Himmelsakra, dieser Stress! Der reinste Telefonterror!"
Er hob ab: „Hier spricht der automatische Telefonanrufbeantworter des Landes-Patentamtes. Bitte sprechen Sie nach dem nun folgenden Pfeifton. Neieiein! Nicht pfeifen sollen Sie, sondern sprechen!", und nach ein paar Sekunden setzte er fort: „Unser Gerät schaltet jetzt ab. Auf Wiederhören!"

Er sah mich triumphierend an. „Na, was sagen's jetzt?"
Wieder läutete das Telefon.
„Sie sind es schon wieder? Ob ich a'n Witz g'macht hab? Es war mir todernst. Ich hab hier eine Besprechung. Und wieso pfeifen Sie in den Hörer? Das soll witzig sein? Ja glauben Sie …? Sie glauben nichts? Was wollen Sie denn noch? Jetzt? Nein und nochmals nein. Dafür sind wir nicht zuständig. Auch dann nicht … Und ich sag ‚nein'! Sie können mich … Lassen's mich doch ausreden! Sie können mich noch so lange drangsalieren, es nützt nix! Nein! Jaaaaa, bitteschööön! Sie können sich beschweren. Nein, außerhalb der Sprechstunden nicht. Auch nicht per Telefon. Sprechstunden täglich! Außer Montag, Dienstag, Mittwoch, Freitag und Samstag! Auf Wiederhören!"
Er legte auf.
„Wundern's eahna nicht! Mit scheinheiliger Höflichkeit helfen's niemanden. Der Mensch hat Aufrichtigkeit verdient. Mit ‚Ja, ja, des mach ma scho' und so, kann er nix

anfangen. A bisserl grob sein schadet nix, dafür wissen's woran's sind, mein Lieber! Nichts geht über die Aufrichtigkeit, Aufrichtigkeit und nochmals Aufrichtigkeit!"

Wieder läutete das Telefon. Er hob ab und sprach gelassen: „Hier spricht der automatische Anrufbeantworter das Landes-Patentamtes. Bitte sprechen Sie nach dem folgenden Pfeifton!", pfiff und legte auf.
Sogleich läutete es wieder.
„Hier spricht der …! O, Herr Hofrat! Meine Verehrung! Seit wann ich einen Telefonanrufbeantworter habe? Ich, ich – äh – den besitze ich nicht. Warum er spricht? Ich probier ihn aus, aber, haha, er beantwortet nichts. Wie Sie wünschen! Selbstverständlich. Natürlich werden alle Anrufe von mir auch außerhalb der Dienstzeit beantwortet. Das ist doch selbstverständlich, sehr vereehrter Herr Hofrat. Jawohlll. Wir haben den guten Ruf der Beamtenschaft zu verteidigen. Sehr richtig. Ganz Ihrer Meinung, Herr Hofrat. Wird sofort erledigt. Stehe ganz zu Ihrer Verfügung, verehrter Herr Hofrat!"

Er legte den Hörer auf und sagte, „So ein Trottel!"
Dann stand er auf, nahm seine Aktentasche, verstaute darin seine Thermosflasche und war dabei den Raum zu verlassen.

„Halt!" rief ich, „wie steht es mit meiner Patentanmeldung?"
Er sah mich nicht unfreundlich an und antwortete: „Dienstzeiten täglich außer Montag, Dienstag, Mittwoch, Freitag und Samstag von 10–12 und von 14–17 Uhr. Jetzt, mein lieber Herr, ist es fünf nach fünf. Und Pünktlichkeit ist des Beamten Pflicht."

Sagte es und schloss die Türe hinter sich zu.

Anleitung zum Schreiben eines Kriminalfilmes

So primitiv und grausam wie es die heutigen Kriminalfilme sind, waren die Kriminalgeschichten früherer Zeiten nicht. Zum Beispiel Friedrich von Schillers Geschichte „Verbrechen aus verlorener Ehre", die er 1786 schrieb, zählt ebenso zur Kunstgattung, wie Kleist's „Michael Kohlhaas" (1810) oder das 1891 erschienen Buch „Stopfkuchen" von Wilhelm Raabe. Conan Doyles' Geschichten um den Detektiv Sherlock Holmes und später die Kriminalromane von Edgar Wallace und Agatha Christie zählen zu den Klassikern.

Mit wenigen Ausnahmen sind die heutigen Kriminalfilme unglaublich primitiv, sie zeigen fürchterliche Gewalttaten bis hin zu perversen Grausamkeiten. Zudem gleichen sie sich wie ein Ei dem anderen.

Warum finden diese Filme eine so große Zahl Zuseher? Offenbar weil Gewalt zum Wesen des Menschen gehört. Das Streben nach Macht ist Teil unseres Selbsterhaltungstriebes. Macht und Gewalt liegen nahe beieinander.

Dass die Grausamkeiten von Filmemachern bis zum Exzess gesteigert werden, kann dem Zuschauer nicht angelastet werden. Man wäre ja durchaus auch mit ein paar ganz einfachen Morden zufrieden.

Schreiben Sie doch selbst ein Drehbuch!

Um einen Kriminalfilm schreiben zu können, genügt es irgend einen dieser Filme im Fernsehen zu studieren. Alle diese Filme werden nach dem gleichen Muster gestrickt.

Kriminalfilme sind zu einer Zeit im Fernsehen angesetzt, dass auch Kinder an den Morden durch Erwürgen, Erschießen, Vergiften, Erschlagen teilnehmen können. Bei einigem Glück können sie auch noch die vorangegangenen Folterungen genießen. Pflichtbewußte Eltern sorgen dafür, dass nach dem Mord und seiner Aufklärung die Kinder ins Bett gehen. Jetzt folgen ohnehin nur mehr Talkshows oder Ähnliches, evtl. noch Erotikfilme.
„Schlaft schön", sagen dann die Eltern und „träumt süß". Man möchte die Kinder frühzeitig abhärten.

Sie drücken also auf den Knopf und schon wird eine Frau erwürgt. Falls Ihnen eine andere Todesart mehr liegt, schalten Sie auf einen anderen Sender. Dort erschlägt soeben eine unwillige Ehefrau ihren Mann mit einer Bronzefigur. Bronzefigur deshalb, weil man auch ein wenig Kunst ins Bild bringen will.
Sind Sie kein Kunstfreund, drücken Sie wieder aufs Knöpfchen. Sie können sicher sein, dass Sie niemand freundlich anlächeln wird. Zwei Männer schreien sich mit vor Wut verzerrten Gesichtern an. Als geschulter Fernseher stellen Sie sogleich fest, dass sich die Beiden nicht mögen. Nachdem einige Vasen und Möbelstücke zerbrochen wurden, lassen die Beiden voneinander ab. Vorläufig!

Sie und Ihre Kinder zeigen sich enttäuscht. Keine Sorge, der eine hat ein Messer gezogen und der andere kann gar nicht so schnell schauen, als dass sich das Messer in seinem Bauch befindet. Na also!

Beim nächsten Sender kommen Sie leider zu spät. Denn quer über ein Bett, dekorativ ausgebreitet, liegt die Leiche einer jungen, möglichst wenig bekleideten Frau. Sie sehen das gestockte Blut, das ihr blondes Haar verschmiert und können ihre langen hübschen Beine bewundern. Kameraeinstellungen durch die das Mitleid des Zuschauers gesteigert wird. Talentierte Regisseure vermögen sogar an Hand einer Leiche Erotik erzeugen. Hässliche Frauen üben auch als Tote keinen Reiz aus und erwecken somit nur vermindertes Mitleid. Für männliche Leichen wendet man wenig Sorgfalt an. Sie liegen meist auf dem Boden. Vielleicht weil Frauen realistischer denken und sich sagen, dass ein toter Mann völlig unbrauchbar ist und Unbrauchbares auch keine Erotik erzeugt.

Als angehender Drehbuchautor haben Sie nun mehrere Möglichkeiten den Kommissar ins Bild kommen zu lassen.

1. Variante:
Der Kommissar liegt erschöpft im Bett. Im Tiefschlaf. Da läutet das Telefon. Er wälzt sich langsam zum Nachtkasten. Atmet tief durch und greift zweimal neben den Hörer, bis er ihn erwischt.
Damit zeigt man den Zuschauer die Erschöpfung eines strapazierten Beamten.
Der Mord, den Sie schon längst kennen, wird ihm mitgeteilt. Für ihn ist er neu.
Er zieht sich an, nicht ohne mehrmals zu gähnen und geht sodann seinem beschwerlichen Job nach.

2. Variante.
Kommissar Wachauge und seine beiden Assistenten sitzen im Dienstzimmer und alle beißen in belegte Brote.
„Soll ich einen Kaffee machen?", fragt der zweite, weniger

intelligente Gehilfe. Vor der Emanzipation der Frau im Film sagte dies die hübsche blonde Sekretärin.
„Nein“, antwortet der Kommissar, „oder doch!“
„Nach dem Kaffee“, erklärt er, „werde ich endlich zu der Meinigen nach Hause gehen.“
Jeder geschulte Krimiseher weiß, dass er das nur glaubt. Natürlich wird er nicht, sonst wäre der Film zu Ende.
Richtig! Da läutet das Telefon.
Der Mord wird angekündigt.
„So eine Schei... !“, sagt er, weil im Film darf man, ja muss man Schei... sagen.

3. Variante:
Man sieht den Kommissar in seiner Wohnung. Seine Frau sagt:
„Endlich können wir heute gemeinsam ins Theater gehen.“
Auch in diesem Falle weiß man ganz genau, dass sich die arme, stets vom Stress des Mannes gepeinigte Ehefrau, wieder einmal täuscht.
Da läutet die Türklingel, der Kriminal-Assisstent steht davor.
Die armen, armen Kriminalbeamten samt Ehefrauen.

4. Variante:
Kommissar Wachauge erscheint unaufgefordert am Tatort. Möglicherweise ein Hellseher.

Sorgen Sie als Schriftsteller dafür, dass am Tatort Polizei und vor allen Dingen ein Polizeiarzt auftaucht. Ihm muss man ansehen, wie routiniert er ist. Darum macht er einen äußerst gelangweilten Eindruck. Er wird nach der Tatzeit gefragt.
„Ich bin kein Hellseher“, sagt dieser lässig. Ein kleiner Witz im Zusammenhang mit dem oder der Toten, betont noch seine Abgebrühtheit.

Jetzt folgt der spannendste Teil des Filmes. Fernseher müssten wissen, was jetzt kommt. Ich weiß es, Sie wissen es auch. Aber Sie wollen es nicht wissen. Schließlich gibt es auch dabei Varianten. Eines ist jedoch sicher. Der oder die Verdächtigsten sind es nie.

Es läutet das Telefon. Der Telefoninhaber oder die Inhaberin, will den Hörer abnehmen. Sie wird von ihrem Tun abgehalten. Möglicherweise ein verdächtiger Anruf. Der Kommissar hebt ab und sagt „Hallo!?“
Keine Antwort.
Jetzt muss der Kommissar auf den Hörer schauen, so als ob er das Gesicht des Anrufers suche. Weil er es nicht findet und auch keine Antwort folgt, drückt er mehrmals ungeduldig auf den Hebel, weil er nicht weiß, dass dadurch das Gespräch durch ihn endgültig unterbrochen wurde.

Wohnungsinhaber und Wohnungsinhaberin, ein Ehepaar, sehen sich stumm aber bedeutungsvoll und daher höchst verdächtig an.
Der Kommissar bemerkt es nicht, aber wir, die Zuseher, registrieren: die Beiden zeigen deutlich ein schlechtes Gewissen!

Im Laufe des Verhörs stellt sich heraus, dass das Ehepaar versucht hatte, die Leiche aus der Wohnung zu schaffen. „Wieso wollten Sie die Leiche aus Ihrer Wohnung entfernen?“, fragt der Kommissar.
Die Beiden gestehen, dass sie fürchteten als Mörder in Verdacht zu geraten. Wir wissen, dass kein Unschuldiger sich durch so eine Handlung verdächtig machen würde. Der Regisseur weiß das nicht.

Da hört man ein Geräusch vor der Wohnungstür. Wir sehen, dass ein Mann lauscht. Der Kriminalassistent hat es bemerkt und zieht ihn herein. Es ist der Hausmeister, der einen überaus schlechten Eindruck zu machen hat. Wir hingegen wissen, dass niemals der Hausmeister der Mörder ist, auch nicht der viel gelästerte Gärtner. Der Kommissar kennt keine Krimis und weiß es daher nicht. Darum bestellt er den Hausmeister auf das Kommissariat.

Zwei Träger mit einem Aluminiumsarg erscheinen, die Leiche wird hinein gepackt und der Deckel geschlossen. Nun kann der Darsteller der Leiche, meist ein Statist oder eine Statistin, endlich frei atmen, denn sie liegen in Wahrheit nicht im Sarg. Indessen schwanken die Träger mit dem leeren Sarg die Treppe hinunter.

Schnitt.
Man sieht eine junge, sehr hübsche Frau in einen Lieferwagen steigen. Sie lächelt den sehr gut aussehenden Fahrer geheimnisvoll an, während sie ein Mobiltelefon in der Hand hält.

Aha – denken Sie und erinnern sich an den mysteriösen Anruf. Beide sind also in den Fall verwickelt. Frau und Fahrer fahren ab.

Der zweite Assistent unseres Kommissars, eben jener integrierte Ausländer mit dunkler Hautfarbe und einem möglichst breitem landesüblichen Dialekt, hat dies zufällig aus dem Fenster beobachtet. Und kombiniert wie Sie. Er und der erste Assistent stürzen auf die Straße und in den Dienstwagen, der in der Regel ein Mercedes oder ein BMW ist. Es folgt eine wüste Verfolgungsjagd, bei der einige Autos zertrümmert werden und Reifen ständig quietschen, bis – ja bis eine alte Frau die Straße auf einem Zebrastreifen überqueren will und die Assistenten anhalten müssen.

Der Lieferwagen ist indessen – verschwunden.

„Schei…", sagt der erste Assistent zum zweiten auf englisch. Das ist der internationale Touch.

Schnitt.
Kommissar Wachauge wird im Kommissariat zum „Chef" gerufen und von diesem wegen angeblicher Unfähigkeit beschimpft. Möglichst laut, damit auch alle im Vorzimmer lauschenden Assistenten dies hören können. Schließlich sei es endlich an der Zeit, den Fall aufzuklären. Nun ist der Moment gekommen einen Hund, Marke Wolf, ins Spiel zu bringen. Wir wissen – jetzt wird er den Kommissar auf die rechte Fährte führen.

Wachauge zeigt sich unbeeindruckt.
Er sagt bedeutungsvoll: „Keine Sorge Chef, mir ist da etwas aufgefallen …!"
Der Hund winselt und gibt somit kund, dass er mehr weiß.

In aller Eile rekapitulieren Sie den Fall. Ihnen ist außer den hübschen Beinen der Blondine und dass einige Verkehrsregeln bei der Autoverfolgungsfahrt nicht eingehalten wurden, nichts aufgefallen.

Indessen findet die obligate Beerdigung der Opfer statt, im Regelfall an einem Regentag, wobei der hinter einem Grabstein stehende Kommissar alle Teilnehmer, einschließlich des Geistlichen, misstrauisch mustert.

Bevor Sie nun aber weiter kombinieren, erscheint folgender Text auf dem Bildschirm:
„Den zweiten Teil unseres spannenden Filmes sehen Sie am nächsten Donnerstag!

An dem bewussten Donnerstag befinden Sie sich im Flugzeug auf dem Wege in Ihren dreiwöchigen Urlaub. Sie haben jedoch das Videoband eingeschaltet. Zurückgekehrt interessiert es Sie nicht mehr, wer wen in diesem Film ermordet hat und warum. Denn – es stehen Ihnen an jedem Fernsehabend eine riesengroße Auswahl der schönsten Morde zur Verfügung

Auf dass der Mensch ...

Auf dass der Mensch schreiben lerne,
um
ungedeckte Schecks unterschreiben zu können
und
anonyme Brief zu verfassen,
um
Verleumdungen zu verbreiten
und
Erpresserbriefe zu schreiben,
um
überhöhte Rechnungen auszustellen
und
Dokumente zu fälschen,
um
die Volksmeinung zu manipulieren
und
Steuern zu erhöhen,
um
in unkultivierten Ländern Todesurteile
zu unterschreiben
und schließlich
um Satiren zu verfassen.

MANN, OH MANN!

Es wäre unfair und bevölkerungspolitisch unverantwortlich, unverheirateten Mädchen die Illusion zu nehmen, die sie von einem Mann haben. Ehefrauen hingegen wissen bereits alles.

Aber kennen die Frauen wirklich ihre Männer? Offensichtlich nicht, denn gelegentlich rufen sie überrascht: „Das hätte ich nie von dir gedacht!"

Für die Männer ist die Emanzipationswelle, welche die Frauen ausgelöst haben, eine unangenehme Überraschung. Allerdings haben die Frauen nach Erreichen der Gleichberechtigung (wenigstens in unseren Breitengraden) nicht bedacht, dass deren restlose Durchführung immer noch vom guten Willen des Mannes abhängt.

Ein Mann demonstriert Härte, doch wie es drinnen ausschaut, ich meine in seinen vier Wänden, geht niemanden etwas an. Ist er verheiratet, befindet sich auch seine Ehefrau in diesen vier Wänden – wo sie alles hört und sieht! Sagt der Mann in der Öffentlichkeit mit dem Ausdruck eines gestählten Kriegers: „Für Krankheiten habe ich keine Zeit!", wechselt der Ehemann im Beisein seiner Frau sofort seinen Platz, wenn es von irgendwoher zieht. Mit einem letzten Rest von Männlichkeit behauptet er: „Ich kann mir jetzt keine Erkältung leisten."

Ist er erkältet und hat er Halsschmerzen, fürchtet er Ernstes: „Ich habe gehört", sagt er, „wenn die Halsschmerzen länger andauern ..."
Die Ehefrau unterbricht ihn: „Du hast sie erst seit gestern!"
Er hält sie sodann für lieblos.
Frauen mussten nie so prestigebewusst handeln wie Männer, weil sie in früherer Zeit den Berufskampf so gut wie nicht kannten. Daher haben sie wenig Verständnis für das Imponierverhalten ihrer Ehemänner.

Ich erinnere mich eines Gespräches, das ich zufällig auf einer Gesellschaft mit anhörte. Im Kreise aufmerksamer Zuhörerrinnen äußerte ein Bekannter seine Thesen über Mann und Frau.

„Wir Männer sind nun einmal die Jäger", sagte er.
„Sie sind Jäger?", unterbrach ihn eine Zuhörerin.
„Wieso? Nein, ich meine vor Urzeiten waren sie es, heute im übersetzten Sinn."
„Sie meinen, Sie sind jetzt eher ‚Schürzenjäger'?"
„Aber ich bitte Sie, liebe verehrte, gnädige Frau! Die Frauen hingegen", fuhr er fort, „sind die Hüterinnen des Herdes."
„Des Mikrowellenherdes", korrigierte eine andere Zuhörerin, „der braucht nicht gehütet werden."
„Ich meinte, dass es um die Aufgabenverteilung geht."
„Ich verstehe, Sie jagen fröhlich, während wir kochen."
„So ungefähr. Für eine Frau ist es doch schön umsorgt zu werden."
„Schon recht", sagte eine der Damen, „aber nur vom Papa und Mama und dann nur bis zur Großjährigkeit."
„Aber meine Gnädigste! Ich finde nichts Schöneres als eine Frau liebevoll zu hüten."

„Dann sollten Sie Cowboy werden."
Er machte einen leicht gekränkten Eindruck.
„Meine Frau ist das beste Beispiel", betonte er, „obwohl immer ich bestimme, wie und wo es lang geht."

Von einiger Entfernung hörte man, „Johann-Wolfgang! Komm endlich. Hubers sind hier!"
Hastig verbeugte sich der Macho:
„Entschuldigen Sie, meine Damen. Ich muss gehen. Meine Frau ruft mich. Ich komme schon, Irene!"

„Hubers erzählten soeben", erklärte seine Frau, „sie wären im Juni in Kärnten gewesen und hätten in einer reizenden kleinen Pension gewohnt."
„Im Juni?!", sagte Johann-Wolfgang, „im Juni waren wir in Monte Carlo."
Hubers zeigten sich beeindruckt.
„Ja", bestätigte Irene, „wir mieteten einen Wohnwagenanhänger. Genau genommen waren wir nicht direkt in Monte Carlo, aber dicht dabei."

Familie Hubers Beeindruckung ließ sichtlich nach.
„Wir hatten uns kurz zuvor einen neuen Mercedes gekauft", führte Johann-Wolfgang weiter aus. Er wurde von Irene unterbrochen:
„Neu war er nicht. Es war ein Gebrauchtwagen."
„Ich habe damit gemeint", ärgerte sich Johann Wolfgang, „dass wir uns einen neuen, also anderen Wagen gekauft hatten. Übrigens, in Monte Carlo sprach ich mit Brigitte Bardot. Eine interessante Frau."
„Richtig", bestätigte Irene. „Er sprach sie auf der Straße an und bat um ein Autogramm."

Nachdem solcherart Johann-Wolfgangs Prestige arg angekratzt war, schwieg er zunächst. Bis Herr Huber erklärte, dass er als junger Mann ausgerechnet hier bei einem Tennisturnier den zweiten Preis gemacht habe.

„Interessant“, warf Johann-Wolfgang ein, „ich habe auch einmal einen Preis gemacht, einen ersten …“
„Richtig“, bestätigte seine Frau Irene, „mit einem ‚Weißen Riesen‘, seinem gezüchteten Karnickel. Er war Mitglied eines Kaninchenzuchtvereins.“

„Ich ziehe Pferde den Kaninchen vor. So ein Vollblut“, sagte Herr Huber, dabei ballte er die Fäuste, „das ist doch etwas! Zum Beispiel ein feuriger Araber oder die englischen Hunter, das sind schwere Jagdpferde. Glauben Sie mir, nicht zu vergleichen mit Karnickeln, ich meine Kaninchen.“

Johann-Wolfgang ärgerte sich.
Seine Frau aber fragte ehrfürchtig: „Da sind Sie wohl ein großer Reiter vor dem Herrn?“
„Na, ja!“, antwortete Herr Huber, was ebenso bescheiden wie bejahend klang.
Frau Huber erklärte es deutlicher.
„Mein Mann kann gar nicht reiten. Er fürchtet bei einem Sturz querschnittgelähmt liegen zu bleiben.“
Johann-Wolfgang grinste.

Bevor man sich trennte, vereinbarte man ein Treffen in einem Restaurant.

Herr Huber schlug vor: „Vielleicht in der Rotisserie des Grand Park Hotels?“ und Johann-Wolfgang ging noch einen Schritt weiter und empfahl das „Ritz“.

Die Damen fixierten das Treffen im „Gasthof zur blauen Gans“.

Ich kann Ihnen versichern: Man(n) hat's nicht leicht!

In meiner Ehe ist das völlig anders. Meine Frau wünscht sich einen Mann, einen richtigen Mann. Und nicht einen, der ihr auf's Wort folgt.

Moment, ich höre gerade, dass mich meine Frau ruft, entschuldigen Sie mich bitte:

„Ja, Evilein, ich komme sofort!"

Bodenlos

Die Ehe gleicht einem Fass ohne Boden,
in das die Liebe und das Glück fließt,
ohne dass es übervoll wird,
oder –
in dem ein Partner auf nimmer Wiedersehen
verschwindet.

Mnemotechnik

Verflixt, wie heißt er denn nur?

Das haben sicher auch Sie schon öfters gerätselt? Nein? Dann beneide ich Sie.
Mir fallen leider häufig die Namen jener nicht ein, die mich ansprechen. So wurde ich zum Anhänger der sogenannten Mnemotechnik, jener Gedächtniskunst durch die man sich durch Lern-und Merkhilfen sowie verschiedenartiger Gedächtnisstützen, Ereignisse oder auch Namen ins Gedächtnis zurückrufen kann.

Verlassen Sie sich jedoch nicht auf diese Methode. Sie hat ihre Tücken.

Einer meiner entfernten Bekannten heißt Siebenkäfer. Nach der Mnemotechnik habe ich an eine Zahl zu denken in Verbindung mit einem Tier.

Als ich ihn wieder anläßlich einer Tagung traf, begrüßte ich ihn stolz mit „Mein lieber Herr Siebenschläfer".
„Käfer!", stellte er richtig. An diesem Abend sprach er nicht mehr mit mir.

Das war mir eine Lehre. Ich verbesserte die Technik.

Ich stellte mir einen Siebenender-Hirsch vor und ein Kriechtier. Prompt begrüßte ich ihn das nächste Mal mit „Grüß Gott! Herr Hirschkäfer."
Seitdem kam es zu keiner Ansprechmöglichkeit mehr.

Anlässlich einer Abendgesellschaft, die meine Frau und ich besuchten, war mir völlig klar, wer uns an der Türe begrüßte. Es war der Gastgeber, dessen Namen ich auf Grund der gedruckten Einladungskarte genau kannte. Ich begrüßte ihn daher entsprechend, indem ich laut rief: „Ich freue mich über Ihre liebe Einladung, verehrter Doktor Lautergeher", obwohl ich fast versucht war, „Leisetreter" zu sagen. „Tonstärke" und „Fußbewegung" – Sie verstehen? Mnemotechnik!

Die Mnemotechnik eröffnet auch höchst interessante Einblicke.

Einer meiner Bekannten heißt Benneger. Mit diesem Namen hatte ich zunächst Schwierigkeiten. Doch nach dem Zerlegen des Wortes in zwei Silber, nämlich in „Ben" und „neger", sah ich klar. Ben ist das hebräische Wort für Sohn. Und Neger bleibt Neger.

Als ich ihn wieder traf, begrüßte ich ihn mit: „Schön Sie zu sehen. Lieber Negersohn!"
„Wie kommen Sie darauf?", fauchte er zorngerötet.
Interessant, dachte ich, ein Rassist!

Sollte Sie jemanden mit dem Namen Schertenbodenmaderternerhof kennen, ist es besser, wenn Sie ihm aus dem Wege gehen. Nur in einem Falle würde ich eine Ausnahme machen: Wenn es sich um den Namen einer schönen Frau handelt. Ich würde ganz einfach „Gnädige Frau" zu ihr sagen.

Müßte ich einen Herrn mit dem Namen Przmrzl Mrisbrimirzbizrkzy vorstellen, würde ich mitsamt der Mnemotechnik kapitulieren.

„Gottlob", sagte ich zu meiner Frau, „kann man den Namen Schilgen mit und ohne Mnemotechnik nicht verballhornen."

Da kam ein Herr auf uns zu und rief strahlend:

„Ach wie schön, dass ich Sie hier treffe –
Herr **SCHLINGEL!**"

Nachbarschaftshilfe

Hilfe leisten heißt human sein und Humanität bedeutet Menschenliebe, soziales Verständnis und Hilfsbereitschaft. Es erfordert jedoch viel Menschenkenntnis, um zu einem sinnvollen Gestalten des Gemeinschaftsleben beitragen zu können. So ist etwa die Fürsorge um den alten Menschen nicht immer optimal und manch gut gemeinte Hilfestellung nicht immer hilfreich.

Der achtzigste Geburtstag bringt mancherlei Veränderungen mit sich. Nicht, dass man sich von einem Tag auf den andern älter fühlt, sondern die lieben Mitmenschen verhalten sich plötzlich ungewohnt.

Fragt man mich nach meinem Alter, herrscht für einen Moment Stillschweigen. So eine Art Schrecksekunde. Dann folgt in fast allen Fällen der Satz: „Das hätte ich nicht gedacht. Unglaublich! Sie sehen viel jünger aus."

Ursprünglich lächelte ich geschmeichelt und versuchte jugendlichen Charme zu verbreiten, doch seitdem man in meiner Gegenwart einem Siebzigjährigen, der leider das Pech hat, wie hundert auszusehen, ebenfalls dieses Kompliment machte, entschloss ich mich solche Schmeicheleien nicht mehr ernst zu nehmen. Das gelang mir nur für eine kurze Zeit. Jetzt lächle ich wieder eitel.

Als über Achtzigjähriger ist man meist der Älteste in der Runde. Man gilt als „Zeitzeuge“, worunter man entweder ein lebendes Geschichtsbuch oder eine Art Ausgrabung versteht. Das hat viele Vorteile, unter anderem wird man ernst genommen und rücksichtsvoll behandelt.
Ich hatte anlässlich einer Einladung, bei denen ich fast immer, meines Alters wegen, den Ehrenplatz an der Tafel neben der Gastgeberin einnehme, den ungeheuren Fehler begangen, meinen Tischnachbarn nach seinem Alter zu befragen. Da er meines kannte, sagte er: „Ich bin vier Jahre älter als Sie.“
Daraufhin wurde ich vom Gastgeber sofort umgesetzt.

Als meine Frau und ich bei einer Freundin aus der Zeit meiner frühen Kindertage eingeladen waren, bewunderte ich ihre Kochkunst.

Nicht, dass meine Frau schlechter kocht, doch sie zeigt ihre Kochkünste nur unseren Gästen. Ich hingegen werde wie ein auf Diät gesetztes Kaninchen ernährt. Meine Frau hält das für gesund. Sie ist überzeugt, dass die sparsame Ernährung der Grund für meine Vitalität sei. In diesem Falle nehme ich das Kompliment mit dem gleichen Misstrauen entgegen, wie die Behauptung meines Verlegers, ich sei deshalb so aktiv, weil ich viele Bücher für ihn schreibe.

Die alte Dame wies das Kompliment über ihre Kochkunst mit dem Hinweis zurück: „Ich bekomme das Essen, das sich ‚Essen auf Rädern‘ nennt, vom Hilfswerk.“
„Bekommt man das schon ab achtzig?“, fragte ich aufgeregt.

„Auch schon früher", antwortete sie mir.
Meine Frau winkte ab. „Mach dir keine Hoffnung."
„Ich sehe nicht ein", protestierte ich, „warum nicht auch ich als Greis die Annehmlichkeiten genießen soll, die andere in meinem Alter in Anspruch nehmen dürfen."
Meine Frau sah mich abschätzend an und stellte fest: „Dann müsstest du dich auch deinem Alter entsprechend benehmen."
„Was soll das heißen? Fridolin ist fast hundert und hat auf dem letzten Fest mit meiner Enkelin Walzer getanzt, ohne Stock. Dennoch erhält er das Räderessen."
„Erstens kann man mit einem Stock nicht Walzer tanzen, zweitens ist er allein stehend und drittens heißt es nicht ‚Räderessen', sondern ‚Essen auf Rändern'. Ich kann dir in Zukunft das Essen herbeiradeln."
Sie fand diese Bemerkung witzig.

Aber es gibt eine Frohbotschaft – sie lautet Nachbarschaftshilfe.

Eine Nachbarin hatte offensichtlich etwas über diese segensreiche Tätigkeit gehört. Für alle alten und einsamen Menschen eine Alternative. Als sie erfuhr, dass meine einunddreißig Jahre jüngere Frau berufstätig sei, nahm sie an, dass ich vereinsame. Sie tauchte eines Tages bei mir auf und erklärte, was sie unter einer solchen Hilfe verstehe, nämlich Nachmittagsbesuche.

Da ich ein sozial eingestellter Mensch bin, wollte ich ihr diesen Wunsch nicht abschlagen.
In der Folge besuchte sie mich dreimal wöchentlich. Ich musste mir die Zeit buchstäblich vom Munde absparen. Die Folge war, dass ich gelegentlich sogar eine Lesung absagen ließ. Dennoch wurden unsere Treffen häufig durch meine Auslandsreisen verhindert.

Zum Kaffee bevorzugte sie Apfelstrudel, des geringen Cholesteringehaltes wegen und aus dem gleichen Grund auch ohne Schlagsahne. Den Kaffee nicht zu stark. Sie müsse auf ihr Alter Rücksicht nehmen. Sie sei immerhin schon 63 Jahre alt.

Sie meinte, dass ich, wenn ich so weitermache, ganz sicherlich schon mit neunzig oder hundert sterben würde. Daraufhin versuchte ich meine beruflichen und gesellschaftlichen Tätigkeiten einzuschränken, um mich meiner nachbarschaftshelfenden Dame mehr widmen zu können.

Eines Tages fragte sie mich: „Warum benehmen sie sich nicht wie ein alter Mensch?"

Das reichte. So segensreich eine derartige Hilfe sein mag, so ist sie nicht für jeden Menschen geeignet.

„Sie meinen", sagte ich, „wie ein Greis? Gut, ich werde es lernen, indem ich Sie genau beobachte."

Seitdem kommt sie nicht mehr. Sie hat sich einem würdigeren Objekt zugewandt.

Indessen war in unserem Nachbarhaus eine hübsche, etwa vierzigjährige, allein stehende Ärztin eingezogen. Ich entschloss mich ein gutes Werk zu tun und sie als Nachbarschaftshelfer, wenigstens zweimal wöchentlich, zu besuchen. Je nach Bedarf könnte man die Zahl der Besuche noch steigern.

Mein Vorhaben scheiterte – **denn meiner Frau fehlt die notwendige soziale Einstellung.**

Osterfestspiele

Das Wort Ostern stammt aus dem germanischen „Ostara", der Name einer Fühlingsgöttin. Ich gestehe, lange Zeit hindurch geglaubt zu haben, dass das Weihnachtsfest das höchste christliche Fest sei, das Fest der Geburt Christi und nicht das Osterfest. Vielleicht kommt dies aus meinen Kindervorstellungen. Weil mich als Kind die Weihnachtsgeschenke mehr beeindruckten – als die harten Eier.

Im Mittelalter waren mit dem Osterfest kirchliche Osterspiele verbunden. Auch in unserer Familie finden alljährlich solche Osterspiele statt, von denen ich nicht behaupten kann, dass sie mein Wohlgefallen fänden.

Die Darsteller und Darstellerinnen unserer letztjährigen Osterfestspiele waren meine Frau und ich, meine Tochter Heide, mein Schwiegersohn Rolf, Tante Lisa, Petrich, der Onkel meiner Frau, seine Frau Irmi, genannt Irmchen und schließlich mein Neffe Otto mit seinem Gunhildchen und deren Kinder, drei an der Zahl, keines über sieben Jahre alt.
Nichts liegt näher, als dass Tochter und Schwiegersohn kommen. Warum aber kommt Tante Lisa und schon gar all die anderen?

Das hat seine Gründe.
Der eine ist meine Frau, deren Festessen geschätzt wird, und das ausgiebig, der andere unser Garten, in dem sich die Ostereier angeblich besonders gut verstecken lassen.

Es war wieder einmal so weit.

Tante Lisa kam, wie stets als Erste.
Sie brachte als Geschenk Mayonnaise mit. Für den Eiersalat, wie sie betonte.
„Selbst gemacht", sagte sie. „Ich verwende grundsätzlich keine Fabrikware." Dabei sah sie meine Frau vorwurfsvoll an, so als würde deren Mayonnaise aus Kunststoff bestehen.

„Dass ihr mich nicht wieder lieblos in dem kleinen Zimmer unterbringt", sagte sie. „Ostern ist das Fest der Liebe."
„Du verwechselst das mit Weihnachten", sagte ich. „In die größeren Zimmer kommen die Ehepaare."
„So? Ich bin also etwas Schlechteres, weil ich nicht verheiratet bin? Zehn hätte ich an jedem Finger haben können."
„Tante, ich bitte dich, das wären insgesamt hundert Freier gewesen."
„Freier? Du wagst ‚Freier' zu sagen, als ob ich eine Gewisse gewesen wäre?" Sie war zutiefst beleidigt.

„Gut, dann nennen wir die hundert einfach Liebhaber. Schon gut", sagte ich, als sie empört auffuhr, „dann eben nicht. Aber Otto und Gunhildchen haben Kinder, die können daher nicht in dem kleinen Zimmer untergebracht werden und du hast keine."

„Willst du mir das auch noch zum Vorwurf machen? Hallo, Evchen!", rief sie meiner Frau zu, „Wolf wirft mir vor, dass ich keine Kinder habe."

„Lisa“, wollte ich sie beruhigen, „ich weiß, du hättest zehn an jedem Finger haben können.“
Das hätte ich nicht sagen sollen. Schluchzend ging sie meiner Frau entgegen.

Bald darauf trafen meine Kinder und die übrigen Verwandten ein. Otto belegte sogleich das größte Zimmer unter den missbilligenden Blicken von Tante Lisa.

Gunhildchen, die ein sehr gewissenhafter und ordentlicher Mensch ist, bewies dies auch auf dem Gebiet der Bräuche. Natürlich kannte sie das Geheimnis des Osterwassers, das – vor Sonnenaufgang selbst geschöpft – angeblich große Heilkraft besitzt. Sie beschaffte sich einen Krug und ging zu einem längst aufgelassenen und daher ungepflegten Brunnen.

Zum Mittagessen schenkte sie jedem der Famlienmitglieder ein Glas davon ein. Da alle wussten, dass es sich um das hygienisch nicht einwandfreie Brunnenwasser handelte, taten sie nur so, als ob sie trinken würden. Sogar Irmchen nippte nur. Doch Tante Lisa, die nichts stehen läßt, was kostenlos ist, trank ihr Glas leer.
Die Folge war, dass sie während ihres gesamten Aufenthaltes, überaus häufig ihr kleines Zimmer mit einem noch weitaus kleineren Örtchen vertauschen musste.

Meine Frau teilte mir unter dem Siegel größter Verschwiegenheit mit, dass Tante Irmchen ein riesengroßes Osterei mitgebracht habe und dass sie dieses selbst für mich verstecken werde.
„Dass du es nicht an ein Kind weitergibst wie im letzten Jahr.“
„Du meinst den riesigen Osterhasen mit dem blauen Bändchen um den Hals? Blau für Mann?“

„Genau den“, bestätigte meine Frau. „Irmchen war sehr gekränkt.“
„Wieso sagt Ihr alle Irmchen zu ihr? Sie ist über achtzig.“
„Ich sage zu dir auch Wolfi“, antwortete meine Frau.
Ob sie weiß, was sie sagt?

Nach dem geweihten Osterfrühstück, von dem Tante Lisa meinte, dass es sicher nicht geweiht worden wäre, denn der Osterschinken schmecke nicht so gut wie der im Vorjahr, wollte sich die ganze liebe Familie zum Ostereiersuchen in den Garten begeben.

„Halt“, rief Neffe Otto, „wartet! Der Osterhase hat noch nicht alles versteckt.“
Eckehard, der Älteste wurde ungeduldig, „Papa, wann ist denn endlich der blöde Osterhase fertig?“
Finchen, die Jüngste, war den Tränen nahe.
„Ostihasi tommen!“
„Wo ist denn der Papi hin. Ich kann ihn nicht sehen“, fragte Roserl, die Mittlere.
Eckehard grinste: „Hinter dem Busch. Er legt Ostereier.“

Da ertönte ein Aufschrei.
„Ich hab ihn!“
Alle sahen sich erstaunt an.
„Er meint sicher den Osterhasen“, bemerkte meine Tochter Heide.
„Das war Papi“, sagte Roserl. „Er hat den Osterhasen gefangen!“
Aus dem Gebüsch tauchte Otto auf. Er hielt etwas empor.
„Ich hab ihn! Na, so eine Überraschung! Ihr werdet staunen!“
„Was ist denn los?“ rief ich.
Otto kam auf uns zu.

„Erinnert Ihr euch an das Ei, in dem ich im Vorjahr den Ring für Gunhildchen versteckt hatte und das wir nicht mehr fanden? Hier ist es!"
Ich sah ihn warnend an und versuchte, ihn an die Kinder zu erinnern. „Du warst es, der es versteckt hat?"
„Ja, ich. Wer denn sonst?"
Tante Lisa sagte in ihrer kurz angebundenen Art, „Der Osterhase, du Depp!"

Dann begann die Sucherei. Zuerst die Kinder.
Ausgerechnet Ottos Jüngste, Finchen, fand das Schokoladenei, das Irmchen für mich bestimmt hatte und die jetzt versuchte, es dem Kind zu entreißen. „Das ist für Onkel Wolf."
Finchen hielt das Ei krampfhaft fest.
Schokoladeeier bieten wenig Widerstand. Der Inhalt zerbröselte und die Staniolümhüllung sackte in sich zusammen. Das Riesenei glich jetzt eher einem Waschlappen. Finchen brach in Tränen aus.
Tante Irmchen hielt sprachlos die Trümmer in der Hand.

Die Rufe der Erwachsenen, wenn die Kinder sich einem Objekt näherten: „Warm, wärmer, jaaa, jetzt ganz heiß, neeiin, wieder kälter, ganz kalt und so weiter", führten schließlich zu den Ausrufen, „Ja, wir haben es!" Oder weniger euphorisch „Nur ein Ei!"
Ich glaube, dass es bisher noch keinem Kind aufgefallen ist, wieso die Erwachsenen wissen, wo der Osterhase die Geschenke versteckt hat.

Meine Frau und der Rest unserer Gäste hatten sich ins Haus zurückgezogen. Indessen stritten sich die Kinder um das Gefundene, denn die Eier und sonstigen kleinen österlichen Geschenke hatte der Osterhase vergessen zu beschriften.

Neffe Otto, dessen Aufgabe es stets war, den Osterhasen zu spielen, nicht indem er zu hüpfen, sondern zu verstecken hatte, zählte die aufgefundenen Geschenke.
„Da fehlen noch 8 Sachen", sagte er, „darunter das fernzusteuernde Auto."
„Das ist für mich!", freute sich Eckehard.

Tante Lisa fühlte sich berufen Fehlendes zu suchen.
Dabei trat sie auf etwas Hartes. Sie hob es auf.

Es war das fernzusteuernde Auto – gewesen, denn bei dessen jetzigem Zustand man überzeugt war, dass es nicht einmal mehr „nah-", geschweige denn „ferngesteuert" werden könne.
Lisas Bemerkung: „Warum liegt das denn auch so herum", erzeugte Unmut.

Das Mittagessen war insoferne unproblematisch, weil es wegen des reichlichen Frühstücks ausfiel.

Als sich der Abend näherte, kam eine gemütliche Stimmung auf. Der Grund: Man wusste, die Kinder würden bald zu Bett gebracht werden.

Dann war es soweit und man setzte sich nach dem Abendessen zusammen. Niemandem fiel es auf, dass Otto nicht anwesend war. Jetzt kam er hereingestürzt und rief:

„Kinder, kommt heraus! Das Osterfeuer brennt!"
„Wo?", fragte ich.
„Im Garten!"
„Ich hab's gewusst", sagte Irmchen. „Das gehört zum Osterbrauch."
„Aber doch nicht in diesem kleinen Garten, so nahe dem Nachbarhaus!", kritisierte Rolf, mein Schwiegersohn.

„Aaah! Wie schön!“, riefen alle begeistert, als plötzlich eine riesige Stichflamme emporloderte.

„Toll, wie du das hingekriegt hast“, lobte Tante Lisa.
„Mein Gott!“, rief mein Schwiegersohn, „Seht Ihr es denn nicht? Es brennt im Garten des Nachbarn!“

Was war geschehen? Funken waren übergesprungen und hatten den hölzernen Gartenpavillon angezündet, den man der hohen Hecken wegen nicht sehen konnte, hingegen die lodernden Flammen um so mehr.

Es war wirklich eindrucksvoll.
Die Nachbarn waren gottlob verreist. Sie wären vermutlich verärgert gewesen.
„Holt doch Wasser!“, rief Onkel Petrich, während ich versuchte über die Hecke zu klettern. Meine kluge Frau hatte unterdessen die Feuerwehr alarmiert. Tante Lisa erklärte ausführlich, wie zuerst das Nachbarhaus und dann unser Haus abbrennen würde. Ihre Schilderung trug nicht zur Beruhigung bei.

Die Feuerwehr hatte alsbald den Brand gelöscht und der Feuerwehrhauptmann erklärte ernst, dass derartige Osterfeuer nicht erlaubt seien.

Als unsere Gäste wieder abgereist waren, sagte meine Frau im bestimmten Ton: „Das war das letzte erweiterte Osterfest!“

Tochter und Schwiegersohn hatten für das kommende Jahr zur Osterzeit eine Reise in den Süden eingeplant. Um so erfreuter waren wir, dass uns unsere lieben Freunde Inge und Vincent zum Osterbrunch einluden.

„Und – “, ließen sie uns wissen, „wir haben eine ganz besondere Überraschung für Euch.“

Als wir ankamen, hielt uns Inge zurück. Dann öffnete sie feierlich eine Flügeltüre und aus dem Raum strahlten uns – Sie werden es nicht erraten – Tante Lisa, Petrich und Irmchen, Otto, Gunhildchen und ihre drei Kinder an, die uns zuriefen:

FRÖHLICHE OSTERN!

Und Tante Lisa fügte hinzu:
„Ich habe die Mayonaise mitgebracht!“

Osterfestspiele

R.GG.'99

Psychologie der Massen

oder

Das musste einmal gesagt werden

Dass der geistige Tiefstand der Massen erschütternd ist, wissen Belesene und Interessierte spätestens seit der Arzt Dr. Gustav le Bon, geboren 1841, sein weltberühmtes Werk „Psychologie der Massen" schrieb. Die Allgemeinheit weiß es spätestens nach den Diktaturen unseres Zeitalters.

Wie leicht sich die Masse Mensch zum Jubel hinreißen läßt, sieht man an den Popkonzerten, bei denen junge Menschen, meist Mädchen, vor Entzückung in Ohnmacht fallen. Eine Tätigkeit, die beim Zuhören der gleichen Musik im einsamen Kämmerlein nicht geschieht.

Ein überzeugend wirkender Auftritt und entsprechend vorgetragene Worte und Handlungen schalten die Gehirntätigkeit des Einzelnen in der Menge aus und ziehen ihn in einen Strudel der Gefühle. Wer als Redner das sogenannte Charisma besitzt, hat schon gewonnen. Sie verstehen allen Meinungen Rechnung zu tragen, den Leuten „aufs Maul zu schauen". An sich eine durchaus brauchbare Politik, um dem Volke zu dienen. Nur – und da liegt der Haken, solcher Art Reden gleichen dem Dudelsack, mit dem der Rattenfänger die Menschen hinter sich herzieht.

Hören Sie sich die Rede von Ado Hintner an. Eine Aneinanderreihung von Banalitäten, die deshalb so gut ankommen, weil sie nur für jene gesprochen wurden, die sie so hören wollen.

Männer und Frauen, hoffnungsvolle Jugend! Wenn ich heute vor Ihnen stehe, um mit blutendem Herzen anzuklagen – anzuklagen jene Kreaturen, die es wagen, das zu nehmen, was unser ist.

Und was ist unser? Unser ist das Leben! Ein Leben ohne Furcht, ein Leben ohne Not, ein Leben das lebenswert ist! Öffnen wir doch weit unsere Türen! Lassen wir die Jugend herein, öffnen wir ihnen ihre Zukunft – Jahre nicht nur der Hoffnung sondern der Taten. Jahre – Jahrzehnte, Jahrhunderte, ja Jahrtausende.

Die Jugend ist die Zukunft des Volkes!

(Frenetischer Beifall, nicht enden wollendes Gejohle der anwesenden Jugend.)

Nationalbewusstsein in Ehren, aber wo bleibt der Staat, wenn nicht die Schornsteine rauchen, die Hämmer hämmern, die Flugscharen scharenweise über die Äcker ihre Furchen ziehen. Furchtbar, wenn die Wirtschaft – die der Garant unserer Existenz ist – nicht wie eine Butterblume blüht.

(Tobender Beifall der Menschen aus der Industrie, Wirtschaft und Bauernschaft.)

Männer und Frauen, meine Damen und Herren!
Was aber nützt dies alles, wenn Ungleichheit unter den Menschen besteht? Ich frage sie, was nützt dies alles? Ja, das frage ich.

Auf der einen Seite die Armen und auf der anderen Seite, versteckt hinter den Türen ihrer Wirtschaftsmacht, die Reichen, die Kapitalisten. Sie soll man zur Kasse bitten! Schließlich hat es ihnen niemand befohlen Geld zu raffen, Geld, das den Armen gehört.

(Begeisterte Zustimmung der Linken durch heftiges Trampeln. Rufe sind zu hören, wie „Freiheit, Gleichheit, Brüderlichkeit!")

Mit welchen Feststellungen ich keineswegs die Wirtschaft meine, die ehrlich und fleißig ihre Pflichten erfüllen. Nein, ich meine die Umweltverschmutzer, die es nicht verdienen zu verdienen.
Da lob ich mir jene Menschen, die tapfer kämpfend inmitten von Gefahren, die uns alle bedrohen, keine Diskriminierung ihrer Taten und Person scheuen. Sie sind die Greenpeacer unserer Zukunft.
Es grünt so grün, wie unsere Grünen blüh'n!

(Die Grünen unter den Zuhörern sind aufgesprungen, die Frauen winken mit ihrem Strickzeug, manche Männer mit den vor ihnen stehenden Blumentöpfen.)

Diese Menschen schützen unser soziales Gefüge, unsere Wirtschaft, unsere Jugend und unsere Nationalität.
Wenn ich von Nationalität spreche, so meine ich jene Menschen, die stolz ihre nationale Eigenart zu wahren wissen,

die stolz sind, dass ihr Vater und Großvater, Urgroßvater, Ururgroßvater und Urururgroßvater der gleichen Nation angehört haben, aber auch ihre Mutter und Großmutter und Urgroßmutter und Urururgroßmutter und Ururururgroßmutter! Sie sind die Nation eines Millionenvolkes! Wir sind stolz diesem Volke anzugehören. Ein solcher Geist wird eines Tages siegen! Siegen! Siegen!

(Nicht enden wollender Beifall rechtsradikaler Zuhörer. Man hört vereinzelt den Ruf: „Sieg heil!“)

Ob die Türe geöffnet ist oder geschlossen, dies müssen wir dem Deus absconditus überlassen. Der Herrgott wird's schon richten! Wir sind im Christentum unseres Abendlandes gut aufgehoben. Meine lieben Schafe, Schafsböcke, Hammel und Lämmer, gehet darum ein in Frieden!

(Die katholische Jugend stimmt begeistert das Lied an: „Nun danket alle ... !“)

Der Redner schloss seine Ansprache mit dem schwerwiegenden, bedeutungsvollen Satz, der allen Zuhörern zu Herzen ging: „Das musste einmal gesagt werden!“

Aus allen Lagern erhielt er Stimmen und niemand hatte bemerkt, dass er sich ständig widersprochen hatte.

Ich trat an ihn heran und drückte ihm die Hand:
„Ihr Vortrag war außerordentlich abhorreszierend!“
Er bedankte sich gerührt.

Aber was er nicht wusste: Das Wort „abhorreszierend“ kommt aus dem Lateinischen und heißt „verabscheuend“.

So ein Zufall

Das Wort Zufall kommt aus der Sprache der Mystik. Im allgemeinen Sinne versteht man darunter den Ausdruck der Unvermeidlichkeit, die in der folgenden Geschichte nach dem Ausruf „so ein Zufall!" eine Rolle spielen wird. Es war eine Reihe Unvermeidlichkeiten, denen wir entgangen wären, hätten wir ein überaus liebenswürdiges Angebot abgelehnt.

Wir waren bei der Familie Hemberg eingeladen, genauer gesagt bei dem Ehepaar Präsident Oberbaurat Diplomingenieur Doktor Udo und Dr. Mira Hemberg. Mira ist Juristin und Präsidentin des Vereines „Frauen first". Als meine Frau dem Ehepaar erzählte, wir hätten vor unseren Urlaub diesmal an der Côte d'Azur zu verbringen, rief Frau Hemberg geradezu enthusiastisch aus:

„SO EIN ZUFALL!"

Mit diesem Ausruf begann ein in mancherlei Hinsicht unvergessliches Erlebnis.
Und sie wiederholte: „So ein Zufall!"

„Ach, Sie fahren auch an die Côte d'Azur?", fragte meine Frau.
„Im Gegenteil. Wir besitzen nahe bei Cannes ein kleines Ferienhaus mit Swimmingpool. Diesmal halten wir uns im Juni nicht dort auf. Es steht Ihnen zur Verfügung! Wir sind froh, wenn es nicht unbeaufsichtigt bleibt. Selbstverständlich sind Sie unsere Gäste! Auch können Sie unser dort befindliches Auto benützen."
„Nein! Auf keinen Fall!", gab sich meine Frau bescheiden, doch ihre Augen leuchteten.
„Auf keinen Fall", wiederholte ich und das nicht aus Bescheidenheit, sondern abwehrend, denn ich liebe es in einem Hotel bedient zu werden.
„Keine Widerrede!", befahl der Präsident. „Ich hole sofort die Schlüssel. Sie werden doch nicht in ein teures Hotel gehen. Privat bleibt privat."
„Richtig", bestätigte ich, „und Hotel bleibt Hotel."
„Das Haus ist leicht zu finden. Bitte schreiben Sie sich die Adresse auf: ‚Cannes, Domaine de Paradis quatre-vingt-deux."

Wir flogen nach Cannes!
Am Flughafen nahmen wir uns ein Taxi.
„Zur ‚Domaine de Paradis, vingt-deux' ", gab meine Frau an.
Zu unserer Überraschung blieb der Taxifahrer vor einem prächtigen, allerdings etwas einsam gelegenen Ansitz stehen. Wir sondierten unsere Schlüssel, um das Tor zu öffnen, doch keiner passte.
„Vielleicht haben sie uns die falschen Schlüssel mitgegeben?", sagte ich.
„An dem Schlüsselbund hängt ja ein Namensschild", machte mich meine Frau aufmerksam.
„Das ist doch der Name von Hembergs Schwiegermutter! Sie haben die Schlüssel verwechselt!"

Der Taxifahrer war nicht mehr da. Ein Schlosser musste geholt werden. Der Stärkere hatte das Gepäck zu bewachen. Der Stärkere bin ich. So machte sich meine Frau auf den Weg.
Sie hatte offensichtlich große Mühe ein Taxi zu finden. Nach zwei Stunden unter südlicher Junisonne konnte ich mir vorstellen, wie sich ein französischer Fremdenlegionär auf Wache vor seinem Wüstenfort fühlte. Nach einer weiteren Stunde traf meine Frau mit einem Schlosser ein, der sich bereit erklärte, das alte Schloss gegen ein neues auszutauschen. Nach etwa zwei weiteren Stunden, denn er musste ein neues, passendes Schloss besorgen, öffneten wir klaglos das Gartentor.
Gottlob fiel meiner Frau ein, dass sicher auch alle anderen Schlüssel zum und im Haus nicht passen würden. So konnten wir den Schlosser gleich dabehalten.

Es näherte sich der Abend.
„In Hotels“, sagte ich zu meiner Frau, „kann man rein, ohne Schlüssel zu besitzen. Auch Schlösser muss man nicht einbauen oder austauschen.“
„Sei friedlich“, beschwichtigte sie mich, „schau lieber wie schön dieser Ansitz ist.“
Wir schritten durch eine große Empfangshalle, durch einen Salon auf eine weite Terrasse, von wo aus uns ein wasserloser Swimmingpool entgegen gähnte. Doch Wasser kann auch der Dümmste einlassen. Dachten wir!
„Bescheidene Leute sind diese Hembergs“, sinnierte meine Frau. „Ferienhäuschen nennen sie das hier.“
Neben drei großen Gesellschaftsräumen, die ineinander gingen, befand sich ein kleinerer Raum mit einem Schreibtisch, auf dem ein Pfeifenständer mit darauf befindlichen Pfeifen stand. Offensichtlich das Herrenzimmer.
„Herr Hemberg raucht?“, fragte meine Frau.
„Nicht, dass ich es wüsste“, antwortete ich.

Ebenerdig entdeckten wir noch neben einem Dienstbotenzimmer eine Küche, eine Gästetoilette samt Waschraum und einen Abstellraum. In diesem hingen verschiedene Hundeleinen samt Halsbändern.
„Evi, kannst du dich daran erinnern, dass Hembergs Hunde halten?"
Sie meinte: „Vielleicht haben sie die Hunde nur hier?"
„Gut, aber wo sind sie jetzt?"

Eine breite Treppe führte in den ersten Stock, wo sich die Schlaf- und Ankleideräume, samt Bädern und eine Teeküche befanden.
Meine Frau umarmte mich.
„Wolfi, ist das nicht schön?"
„Schon", bestätigte ich, „schön schon, das heißt schon schön, aber wer soll das Haus pflegen? Unser guter Ruf hängt davon ab, in welchem Zustand wir das Haus verlassen."
Meine Frau sah mich zunächst erschrocken an, dann meinte sie: „Wir sind doch nur zwei Leute."
„Richtig, in einem Haus mit 8 Zimmern, 4 Bädern und Toiletten und zwei Küchen. Nicht gerechnet die Nebenräume, die Pflege des Swimmingpools und des Gartens, den wir nicht verwildern lassen dürfen."
Meine Frau meinte, „Wir müssen jemanden suchen, der uns im Hauhalt behilflich ist."
„Das können wir nicht riskieren", gab ich zu bedenken, „fremde Leute dürfen wir nicht in das Haus lassen."
Sie musste mir zustimmen.
Ich schlug vor, die Arbeit einzuteilen, die jeder von uns während unseres Aufenthaltes (das Wort Urlaub vermied ich) zu leisten habe.

Den Gedanken an ein Hotel versuchte ich mit aller Gewalt zu unterdrücken.

„Ich werde nachsehen, wo man das Wasser in den Swimmingpool einlassen kann", rief ich meiner Frau zu, die gerade dabei war, die Bettwäsche zu suchen.
Nirgendwo war ein Einlass-Hahn zu entdecken. Ohne Hahn kein Wasser und ohne Wasser kein Pool. Endlich fand ich im Garten hinter einem Gebüsch einen Bunker, in dem sich Kessel, Rohre, Hebel, Anzeigegeräte und vieles mehr in der Größenordnung einer Industrieanlage befanden. Wie ich nach dreistündigen Studium herausfand, wurde von hier aus auch die Heizung für das Haus betrieben sowie für den Pool, samt Gegenstrom- und Reinigungsanlage für das Schwimmbecken. Neben dieser lapidaren Feststellung war keine Anleitung zu finden, wie diese Industrieanlage zu betätigen wäre.
So tat ich das, was mir logisch erschien. Ich sagte „erschien"!

„Wolfi!", rief meine Frau, „wo bist du?"
„Im Heiz- und Wasserwerk! Hier fehlt die Anleitung, wie es zu bedienen ist. Einer der Hähne scheint der Wasserhahn zu sein."
Ich drehte den Hahn auf und befahl in der Sprache der Feuerwehrleute „Wasser marsch!"

Als ich ins das Haus zurückkehrte, fand ich meine Frau in so dürftiger Bekleidung vor, dass ich hoffte, niemand außer mir würde sie sehen. Schweißperlen standen auf ihrer Stirne.
„Wolfi, wieso ist es schon jetzt so furchtbar heiß an der Côte d'Azur?"
„Mein Gott, das ist ja eine Bullenhitze", rief ich. „Draußen ist es viel kühler. Ich fürchte, ich habe aus Versehen die Heizung für das Haus aufgedreht, an Stelle des Wassers für den Pool."
„Stell sie wieder ab", keuchte sie.

„Ich glaube“, gestand ich, „dass mir das nicht gelingen wird, weil ich nicht mehr weiß, an welchem Hahn ich gedreht habe. Wir könnten heute Nacht draußen schlafen.“
„Ich bitte dich, rufe einen Heizungstechniker an. Du hast doch im Gymnasium Französisch gelernt. Was heißt auf Französisch ‚Heizungstechniker‘?“
„Mein Französisch hat gerade für die Schule gereicht.“
Ich fand schließlich eine Firma, die bereit war sogleich zu kommen. Nach eingehendem Studium der ihnen nicht bekannten Anlage, erklärte sie, dass nur ein Fachmann diese bediene solle. Für die Dauer unseres Aufenthaltes würden sie das übernehmen.
Über die Höhe der Endrechnung wundere ich mich noch heute.

Da wir kein Essen eingekauft hatten, beschlossen wir ein Restaurant aufzusuchen. Nach des Tages gewaltigen Mühen hatten wir ein gutes Essen und ein oder mehrere Gläser guten Weines verdient.
Da fiel mir etwas ein.
„Evi, wir können das Haus nicht unbewacht lassen.“
„Das war es doch die ganze Zeit vor uns“, erwiderte meine Frau.
„Das schon, aber jetzt sind wir für das Haus verantwortlich.“
„Du meinst, wir sollten hungrig ins Bett gehen? Nach einem solchen Tag?“
„Wir könnten jeder alleine wegfahren“, schlug ich vor.
Meine Frau protestierte. Schließlich fuhren wir doch gemeinsam. Die Natur ist oft stärker als jede Moral.

Weil wir es verabsäumt hatten, den Benzinstand zu kontrollieren …
Kurzum, der Wagen weigerte sich, dazu noch auf einer viel befahrenen Straße, weiter zu fahren. Ich suchte eine

Tankstelle, die sich nicht in der Nähe unseres ungeliebten Parkplatzes befand. Zu diesem kehrte ich schließlich mit einem geborgten Kanister voll Benzin zurück.

Da wir neben einem ausgiebigen Essen – Arbeit macht hungrig – zu viel des guten Weines genossen hatten, ließen wir das Auto vor dem Restaurant stehen und fuhren mit einem Taxi heim. Das Wort „Heim" fällt mir in dieser Verbindung schwer.

Als wir am kommenden Tag das Auto abholten, erschraken wir. Irgend ein Idiot hatte beim Parken den Wagen angefahren. Nun, es gibt Reparaturwerkstätten. Man versicherte uns, dass der Wagen bereits in etwa einer Woche wieder wie neu aussähe. Allerdings müsse man das gesamte Fahrzeug neu lackieren, wolle man nicht, dass die Reparaturstelle erkannt werde.
Das wollten wir nicht.
Meine Frau, eine gute Rechnerin, wagte jetzt nicht mehr davon zu sprechen, dass uns das Haus kostenlos zur Verfügung stehe.

Der Rasen des schönen Gartens war schon lange nicht mehr gemäht worden. Sicher erwarteten unsere lieben Gastgeber eine gewisse Pflege der Anlage von uns. Ich fand einen Rasenmäher und damit eine weitere Betätigung, die mir deshalb nicht leicht fiel, weil dadurch dringende Hausarbeit liegen bleiben musste. Die Fenster hatte ich bereits geputzt, die Reinigung der Böden hatte meine Frau übernommen.

Vier arbeitsame Tage waren vergangen, als wir uns entschlossen, nichts mehr, aber auch gar nichts mehr anzurühren. Unser guter Ruf hin oder her. Es reichte!

Als wir solcher Art vergnügt im Pool so vor uns hinplanschten, hörten wir verdächtige Geräusche am Gartentor.
„Wolf", flüsterte mir meine Frau zu, „es wird hier so oft eingebrochen. Bitte sieh nach, aber sei vorsichtig!"
Ich schlich hinter den Gebüschen zum Gartentor und sah einen Mann und eine Frau, die sich verdächtig am Gartentor zu schaffen machten. Sie nahmen offenbar an, dass die Besitzer jetzt nicht anwesend seien. Mit uns konnten sie nicht rechnen.

Ich sprang forsch aus dem Gebüsch und rief:
„Was machen Sie denn da?"
Solche Worte schleudert man Einbrechern entgegen, die aller Erfahrung nach nie wahrheitsgemäß antworten.
Das Paar starrte mich entsetzt an und der Mann sagte mit Empörung in seiner Stimme:
„Und was treiben Sie hier auf unserem Grundstück? Noch dazu in der Badehose?"
„Ihr Grundstück?", wiederholte ich. „Ihr Grundstück? Das soll wohl ein Witz sein. Dann müssten sie das Schloss öffnen können."
„Das konnten wir bisher auch. Sie haben bei Ihrem Einbruch das Schloss ruiniert!"
„Im Gegenteil", antwortete ich, „wir haben es erneuert."

Kurzum, es waren tatsächlich die Besitzer dieses prächtigen Ansitzes. Gottlob ließen sie sich, unterstützt von einem Anruf bei Hembergs, davon überzeugen, dass alles auf einem Irrtum beruhte. Meine Frau hatte versehentlich bei der Adressenangabe statt der Hausnummer „quatre-vingt-deux" nur „vingt-deux" notiert. Hembergs hatten uns die richtigen Schlüssel übergeben, jedoch vergessen, das Namensschild ihrer Schwiegermutter abzunehmen, die vor uns in ihrem Haus Urlaub gemacht hatte.

Von den Besitzern erhielten wir keinen Dank für die Pflege ihres Domizils. Schwierig war es ihnen zu erklären, warum sich ihr Auto zur Zeit in einer Reparaturwerkstätte befand. Den Vorwurf, sie hätten ihr Auto mit fast leerem Tank in der Garage stehen lassen, unterdrückte ich.

Auf die Umsiedlung in das richtige „Ferienhäuschen" verzichteten wir. Überdies hatte der Schlosser Hembergs Schlüssel weggeworfen, welchen Umstand wir nach unserer Rückkehr ihnen noch verständlich machen mussten.

Das Tagebuch

Zum Himmel empor streckt eine Hand
Den Lederband!
Drohend ihn schüttelnd, mit einem Fluch:
Das Tagebuch!
Versteckt fand sie's in einer Lade.
Das war schade.

Und die Lehr von der Geschicht:
Schreib keine Tagebücher! Nicht?

SUSANNE SOLL HEIRATEN

Wie heißt es so schön? „Die Liebe ist durch den Drang zur Hingabe gekennzeichnet, die sich über die Dienstbereitschaft zum Opferwillen steigern kann. Der Lohn der Liebe ist eine beglückende Bereicherung des Ichs."

Aber es heißt auch ein wenig nüchterner: „Die Liebe ist die ursprüngliche menschliche Gemeinschaftbildung. In naturhaften Triebstrukturen bildet sie das Fundament für den Bau des menschlichen Soziallebens."

Doch wahre Liebe bedarf keiner Erklärung, sie ist so undurchschaubar wie das Wunder des Lebens.

Die Gedanken über die Liebe, die sich die Familie Bindenberg machte, war eine Art Gemeinschaftsarbeit von Eltern und Verwandten. Sie zielte auf die erwünschte Eheschließung von Susanne hin.

Susanne war das Nesthäckchen der Familie, attraktiv, intelligent und beruflich äußerst erfolgreich. Letztere Eigenschaft steht nicht selten einer frühzeitigen Verehelichung im Wege. Sie näherte sich gefährlich dem Ende der Dreißiger und dachte offensichtlich nicht einmal in ihren Träumen an's Heiraten. Als Simultandolmetscherin verdiente sie ausgezeichnet und liebte es, unabhängig zu sein. Möglichst auch von der Familie, die ihr einigermaßen auf die Nerven ging und zwar deshalb, weil die gesamten erreichbaren Angehörigen bemüht waren, sie mit heiratsfähigen Männern bekannt zu machen. Meist waren es solche, die nicht annähernd so viel wie sie verdienten. Und eine Frau will zu ihrem Mann aufschauen und nicht herunter.

Schließlich hatte die Familie das eingesehen. Also mussten es Männer sein, die etwas erreicht hatten, worunter man in der Familie solche verstand, die viel Geld besitzen.
Und was sind das für Männer? Ältere bis alte!

Nachdem ihr die Familie solche vorgestellt hatte, sagte Susanne: „Ich bin keine Antiquitätenliebhaberin."

Diese Bemerkung empfand man als undankbar.

Da lernte Onkel Paul bei einer seiner Sitzungen einen Mann in den besten Jahren kennen: Sportliche Erscheinung, fröhliches Naturell, nicht geschieden, nicht verwitwet und neben diesen Eigenschaften hatte er einen Beruf, der sich sehen lassen konnte, nämlich den eines Generaldirektors eines großen Konzerns, welcher Sportartikel herstellte.

Das Gros der Familie war bei der ersten Begegnung anwesend und voll froher Erwartung.

Der Generaldirektor zeigte sich über Susannes Aussehen entzückt und drückte dies wortreich und mit herzlichem Gelächter aus. Auch ihren beruflichen Leistungen zollte er, ebenso herzlich lachend, hohe Anerkennung. Durch sein Körpertraining – wahrscheinlich auf den konzerneigenen Trainingsapparaten – hatte seine Figur eine gewisse Ähnlichkeit mit der eines Gorillas angenommen, was auch für die Familie unübersehbar war.

Tante Gundula flüsterte Paul zu: „Ich denke daran, wie Susi spottete: ‚Ich bin keine Antiquitätenliebhaberin'. Hoffentlich sagt sie jetzt nicht: ‚Ich bin keine Zoologin.' "

Als sich der Generaldirektor lachend verabschiedet hatte, meinte Susanne: „Ich habe die ganze Zeit darauf gewartet, dass er wie ein Gorilla auf seiner Brust trommelt."
„Das ist nicht sehr nett, was du da sagst", tadelte Tante Gundula, die Ehefrau von Onkel Paul.
Und Mama meinte, „Er war doch sehr lustig!"
„Ebenso könnte ich mir einen Lachsack kaufen", lästerte Susanne, „der ist weniger strapaziös und den kann ich abstellen."

Der nächste Kandidat war Beamter, sogar wirklicher Hofrat. Susanne fragte ihn sogleich nach seiner Zimmernummer.
„Zimmernummer?", meinte dieser sichtlich irritiert.
„Ja, Zimmernummer. Beamte sitzen doch in Zimmern mit Nummern. Nummer 120, 205 oder 500. Hat man das Zimmer endlich gefunden, sitzt dort sicher der falsche Beamte", wobei sie ihn eindringlich ansah und das Wort „falsch" zweimal wiederholte.

Die Familie fand das höchst ungezogen.

„Macht euch keine Mühe mehr", sagte sie zu ihren Eltern und Verwandten, „ich werde selbst einen Partner finden!" Diese Einstellung beruhigte die Familie keineswegs.

Kusine Ursula brachte eines Tages ihren abgelegten Freund mit.
„Er ist ganz reizend“, erklärte sie. „Nur passt er nicht zu mir.“
Susanne sagte nur ein Wort: „Second hand!“
„Aber er spielt Golf“, rechtfertigte sich Ursula. Wobei sie das ‚O‘ offen aussprach. „Er spielt Golf!“
„Auch wenn er in sämtliche Löcher trifft!“, sagte Susanne, „Ich trage nichts Abgelegtes.“

Da war denn Ulrico, den Vetter Karl herbeischleppte, von einem anderen Kaliber. Ein Italiener mit fabelhafter Figur, braungebrannt, schwarze Haare, feurige Augen. Tourismusmanager aus der Region Neapel.

„Mamma, mia!“, rief er, als er Susanne sah, „Bella! Bella Signorina!“
Sein Wesen strahlte die Sonne seines südlichen Heimatlandes aus. Ein wenig störend war allerdings, dass er zwischen seinen Erzählungen gelegentlich italienische Volkslieder anstimmte.
„Susanna!“, rief er ein ums andere Mal, „Bella Susanna!“ und er klopfte sich dabei auf die Schenkel. Allen Frauen der Familie machte er reichlich Komplimente, die diese gerne entgegen nahmen.
Tante Gundula sagte „mille gracie.“ Mehr italieniesche Worte kannte sie nicht.
Ulrico überschlug sich: „Il suo italiano è veramente perfetto.“ Was soviel heißt: Ihr Italienisch ist wirklich perfekt! Das reichte Susanne.

Als er dann noch zu Tante Gundula sagte: „Tante schene Ziege“, retteten ihn auch seine Komplimente nicht mehr.
„Wie meinen Sie das?“, fauchte sie ihn an.
„In Gesicht.“

Es klärte sich auf, dass er „schöne Züge“ meinte. Aber Gundula blieb verärgert, schon deshalb, weil alle über sie lachten. Ulrico stimmte zur Aufheiterung das schöne Lied: „O mia bella Napoli“ an.

Als er sich verabschiedet hatte, meinte Susanne: „Gott sei Dank! Er erinnert mich an einen Gondoliere.“

„Du hast aber auch immer etwas auszusetzen“, ärgerte sich Onkel Paul, der schon gehofft hatte, mit Vetter Karl einen kostenlosen Urlaub in Italien verbringen zu können.

Ein Rechtsanwalt aus Berlin, den Papa geschäftlich kennen gelernt hatte, wurde als ein sehr netter und tüchtiger Mann vorgstellt.
„Er tuet – tut“, sagte Papa ein wenig unsicher, „ich meine er tut, er verdient gut.“
„Das tuet ich auch“, spottete Susanne respektlos. „Wisst Ihr, was mich bei ihm stört?“
„Was?“
„Dass er will, dass alle auf ihn ‚hören‘.“
„Wie meinst du das?“
„Er sagt doch immer ‚Hören Sie mal.‘ Und dann will er ‚mal‘ was sagen.“
„Er ist eben aus Berlin“, meinte Papa. „Es klingt auch nicht schön, wenn ein Wiener ‚geh hearst‘ sagt.“
„Eben“, bestätigte Susanne. Aus welcher Bemerkung die Familie schloss, dass weder Sprachgewohnheiten noch Dialekt, noch der Berliner bei Susanne Anklang fanden.

Tante Gundula und Onkel Paul nahmen sich vor, bei nächster Gelegenheit Susanne etwas energischer ins Gebet zu nehmen. Was anlässlich des Geburtstages von Mama geschah.

„Susanne“, hob Onkel Paul feierlich an, „eines Tages wirst du es schwer bereuen, die sogenannte Überfuhr versäumt zu haben. Die Ehe ist ein Fels in der Brandung des Lebens.“
„Richtig“, bestätigte Tante Gundula, „ich bin der Fels und du umbrandest mich.“
„Wie meinst du das?“, fragte Onkel Paul misstrauisch. Er blieb unaufgeklärt.

„Wie dem auch sein“, bemühte er sich weiter um Susanne, „es ist nicht gut, dass der Mensch alleine sei, heißt es schon in der Bibel.“
Susanne ergänzte: „Darum schuf Gott, so steht es auch geschrieben, den Adam und verpasste ihm aus seiner Rippe Eva. Eva reichte Adam den Apfel und der Depp biss hinein. Aus war es mit dem Paradies. Seitdem sitzen wir als Nachkommen hier und schauen dumm aus der Wäsche!“
Da die Familie diesen Ausspruch auf sich bezog, herrschte eine Weile Funkstille zwischen ihr und Susanne.

Tante Hanni, die Frau von Vetter Karl, zog den nächsten Kandidaten an Land. Ein entfernter Verwandter einer Schulfreundin, mit der sie sich wöchentlich beim Bridge traf. Deutsch-Amerikaner, angeblich mit internationalen Geschäftsverbindungen. Dieser erwähnte bei seinem ersten Besuch – so wie es schien ganz nebenbei – sein Privatflugzeug, sein Penthaus in New York, seine Ranch in Kalifornien und seine Sammlung impressionistischer Gemälde. Die Familie war tief beeindruckt. Er verabschiedete sich mit den Worten: „Mein Chauffeur wartet unten auf mich.“

Als ihn die Familie, hinter den Gardinen stehend, beobachtete, wie er auf der Straße zu einem Motorrad ging, sich einen Sturzhelm aufsetzte und davonfuhr, gab sie endgültig ihre Heiratsvermittlungspläne auf.

Eines Tages erschien Susanne strahlend im Kreise der erweiterten Familie.
„Es gibt eine Überraschung für euch!"
Eltern und Anverwandte, denen noch immer Susannes Eheglück am Herzen lag, erstarrten.
„Ich habe jemanden gefunden!"
„Wie sieht er aus?", fragte Mama neugierig.
„Gut sieht er aus, braunhaarig, dunkle Augen. Er ist zärtlich, liebt mich, weicht nicht von meiner Seite und ist von Natur aus treu wie Gold."
„Und seine Familie?", fragte Tante Gundula gespannt.
„Aus allerbesten Kreisen. Er ist ein Aristokrat mit einem alten, langen Stammbaum."
„Ja, wie heißt er denn?", wollte Papa wissen.
„Arno von Wolfenstein."
„Wann stellst du ihn uns vor?", zeigte sich Kusine Ursula neugierig.
„Er wartet unten im Auto. Ich werde ihn holen."

„Nicht zu glauben", sagte Onkel Paul und Mama meinte: „Wir hätten sie von Anfang an nicht so gängeln sollen."
„Ein Adeliger!", stellte Tante Hanni gerührt fest. „Unser Susannchen wird eine richtige Baronin."

Da öffnete sich die Türe und Susanne erschien in Begleitung eines großen, stattlichen –

Wolfshundes.

„Reinrasssig", sagte sie nur.

Susanne soll heiraten

R·Gö.'99

Eines Tages …

Jeder Mann gleicht einer Biene,
Wenn er so mit stolzer Miene,
Fliegt von Blüte er zur Blüte.
Mehr aus Lust und nicht aus Güte!

Eines Tags wollt er entschweben:
Nichts ging mehr, denn er blieb – kleben!

Epilog

Nach den Dramen der Barockzeit hielt der „Epilogos" die Schlussrede, die mit viel Belehrungen und Ermahnungen gespickt war. Ich nehme hiermit den Epilogos für mich in Anspruch, ohne belehren zu wollen, jedoch zu ermahnen, nämlich die kleinen Unebenheiten, die der Alltag mit sich bringt, nicht all zu wichtig zu nehmen. Kein Drama ist es, wenn etwas nicht so „läuft" wie man dies gewollt oder gerne gehabt hätte.
Bei großen Entscheidungen zeigen wir uns oft tolerant, in den kleinen Dingen des Alltags verweigern wir hingegen nicht selten diese Duldsamkeit. Der irrende Mensch lebt zusammen mit ebenfalls fehlbaren Menschen. Unser Leben wird um vieles schöner, wenn wir heitere Gelassenheit üben.

Wir bekommen das, was wir geben!

Von Wolf von Schilgen sind bisher in der Reihe „Der lachende Satiriker" erschienen:

„Mir fällt kein Titel ein!"

176 Seiten, 45 Abb. – ISBN 3-901375-01-5

Politik, Medizin, Kunst, Mode, Sport und Journalismus. Die Art, wie der Autor sein Buch durch humorvoll aufgefaßte Fotos bereichert, stellt einen neuen Buchstil dar.

„Der Bei-Strich"

184 Seiten, 31 Abb. – ISBN 3-901375-02-3

Der Bogen reicht über Gesellschaftsreisen, Festspiele bis hin zu Heirat und Kinderkriegen, über verschiedene Berufe, Hobbies und vieles mehr. Nicht zuletzt bereiten die 45 Fotos großes Vergnügen.

„Sie sind willkommen, Sir!"

Londoner Impressionen

208 Seiten, 66 Abb. – ISBN 3-901375-03-1

Vom Buckingham Palast über die Pubs zu den Unartigkeiten und Artigkeiten der Londoner bis hin zu ihrem Sexualverhalten reicht der weitgezogene Bogen.

„Die Bekenntnisse eines gestressten Ehemannes"

208 Seiten, 33 Abb. – ISBN 3-901375-04-X

Stets weiß das Opfer Mann, dass er vor der weiblichen Logik wird kapitulieren müssen. Bis auf den heutigen Tag beißen alle Adams in den Apfel!

„Was kostet die Venus?“

Künstler – Narren – Sensationen

208 Seiten, 8 Abb. – ISBN 3-901375-05-8

Neben sensationellen Berichten werden mit heiterer Ironie jene Menschen geschildert, deren Leben die Kunst ist.

„Mit heiterer Gelassenheit“

208 Seiten, 11 Abb. – ISBN 3-901375-06-6

Es geht um die vielen freiwilligen und unfreiwilligen Tätigkeiten des Menschen, die er zu erfüllen hat. Wie er diese zu bewältigen sucht – erheitert den Satiriker und gewiss auch seine Leser.

„Man(n) hat's nicht leicht“

208 Seiten, 11 Abb. – ISBN 3-901375-07-4

Die Aufregungen, die wir uns und anderen bereiten, stehen oft in keinem Verhältnis zum Geschehen.
Ein weites Feld für den Satiriker.
Auch wenn man's nicht leicht hat, lachen Sie oft, denn Lachen verlängert das Leben!

„Irren und Wirren ... und sonst noch Menschliches“

CD mit Lesungen und Musik – ISBN 3-901375-51-1

„O du fröhliche ... und sonst noch Weihnachtliches“

CD mit Lesungen und Musik – ISBN 3-901375-52-X

Continent Verlag

A-5084 Grossgmain bei Salzburg – Postfach 41

CONTINENT VERLAG
A-5084 GROSSGMAIN bei Salzburg – Postfach 41
Tel. 00 43 / (0) 62 47 – 71 40
Fax 00 43 / (0) 62 47 – 80 73